新潮文庫

家族八景

筒井康隆著

目次

家族八景

無風地帯

前庭の、赤い花が満開だった。なんという花なのか、七瀬《ななせ》は知らない。彼女は花の名前には興味がなかった。

尾形《おがた》家は、ヴェランダが広く明るい中流の住宅だった。七瀬はブザーのボタンを押して、しばらくポーチに佇《たたず》んだ。郊外電車の警笛がかすかに響いてくるだけで、あたりは静かだった。

ドアを開いたのは、尾形咲子《さきこ》だった。まだ五十歳にはなっていないのに、地味な和服のせいか、ひどく老《ふ》けてみえた。

「お入りなさい」

七瀬が名乗ると、咲子は安心したような笑顔を見せ、彼女を応接間に案内した。

室内にある家具類はいずれも新しいものばかりだった。安く新しいものを次つぎと買い替えていく主義の家庭だった。

紹介状を読み終え、咲子は顔をあげて七瀬に笑いかけた。「秋山さん、あなたのことをたいへん褒めてらっしゃるわ」

七瀬は軽くうなずいた。紹介状を見なくても、何が書いてあるか彼女は知っていた。

新しく訪れた家庭の主婦がたいていそうするように、尾形咲子も、七瀬がなぜ前の家を辞したか根掘り葉掘り訊《たず》ねるだろう、と、七瀬は予想していた。そして特に、それが七瀬の意志によるものか先方の事情によるものかを、遠まわしに訊《き》いて確かめようとするだろうと思っていた。しかし尾形咲子は、何も訊ねなかった。

また咲子は、新しいお手伝いがやってきた時たいていの主婦がそうするように、派手にはしゃいで家の中を案内してまわるということもしなかった。むしろ所在なげに、七瀬と向いあったまま、ぼんやりしていた。

七瀬は、そっと咲子の心にさぐりを入れてみた。そして彼女の考えを読んだ。そこにあったものは、意識のがらくたであった。

風呂場《ふろば》のタイルが落ちかけていること。夕食は牛肉とピーマンの味噌《みそ》炒《いた》め。テレビの垂直同期の調整困難と物置の鍵《かぎ》が壊れていること。そしてまた七瀬に、炊飯器が故障しているが電気屋が明日新製品を持ってきてくれることを説明しなければならないこと。

咲子の思考は、家庭内のことから一歩も出てはいなかった。いや、それは思考といえるかどうかも疑問だった。茫漠《ぼうばく》とした意識野に瑣細《ささい》な事物がごろごろところがっているだけだった。

尾形咲子はあきらかに、何事かから、些末《さまつ》的日常茶飯事に逃避しているのである。こういったタイプの意識構造には、七瀬も数度、出会っていた。無視されることに馴《な》れ、軽蔑《けいべつ》されていることを知っていながらそれを忘れようとばかりしている、精神力の弱い中流階級の初老の女性が、決ってこのタイプだった。

咲子は七瀬の持ってきたスーツケースを眺め、重そうだと思い、この重そうなトランクを持って坂道を登ってきたのだからさぞ疲れただろうと想像し、やっと茶を出すことに思いあたった。

「お台所へ行ってお茶を飲みましょうか」

そういって咲子は立ちあがり、ふたたび七瀬に微笑《ほほえ》みかけたが、その微笑にはもはやなんの意味も、まったく何の意味も含まれてはいなかった。七瀬がおどろいたことには、それは無意識的な親近感の表現ですらなかったのである。

他人の心を読み取ることのできる能力が自分に備わっていると自覚したのがいつだったか、七瀬は記憶していない。しかし七瀬は、十八歳になる今日まで、それが特に珍しい才能であると思ったことは一度もなかった。おそらく、多くの人間がそういう能力を持っているに違いないと思っていた。なぜなら、そういう能力を持っている者は必ず、自分同様それを隠すだろうから、と思っていた。

読心ができるため、自分は得をしているとも思わなかったし、損をしているとも思わなかった。聴覚や視覚の一種であると考えていた。他の感覚と少し違うところは、感知するために多少の努力を要することだった。七瀬はそれを「掛け金をはずす」ということばで他の精神作業と区別していた。

「掛け金をはずし」た以上は、必ず「掛け金をおろさ」なければならないことを、七瀬はきびしく自分に律していた。掛け金をはずしたままにしておくと、相手の思考がどんどん流れこんできて、ついには相手の喋《しゃべ》ったことと考えたことの見わけがつかなくなり、自分の能力を相手に知られるという非常に危険な事態になり兼ねないことを、七瀬は経験から悟っていた。

その日、咲子からいろいろ教わっている間にも、七瀬はときどき掛け金をはずし、彼女の心を覗《のぞ》いてみた。しかしそこにあるのは、やはり荒廃した原野に散らばる、風化した日用雑貨だった。咲子自身が、彼女の家族のことをどう思っているか、家族のそれぞれに、どのような感情を抱いているか、それさえつかめなかった。

尾形家の主人、尾形久国《ひさくに》は、造船会社の総務部長だった。子供は二人いる。長女の叡子《えいこ》は女子大の四年、長男の潤一《じゅんいち》は今年大学へ入ったばかりである。叡子は美しい娘であり潤一は柔弱である。そしてどちらも享楽《きょうらく》主義的な性格である。これは久国の血を継いでいるからである。――七瀬が咲子から知り得たことは、その程度だった。むろん、その大半は咲子がことばとして喋ったことであった。

日が暮れたが、久国も、子供たちも、なかなか帰ってこなかった。いつものことらしくて、咲子は平然としていた。

簡単な夕食を終えてからの咲子は、もう七瀬に話しかけようともせず、ただぼんやりと茶の間のテレビを眺めているだけだった。それは観ているのではなく、文字通り眺めているだけだった。

十一時を数分過ぎた頃、久国が帰宅した。

七瀬は疲れていたが、主人に挨拶《あいさつ》しなければならないと思い、眠いのを我慢して起きていたのである。

「子供たちはまだか」

茶の間へ入ってきた久国に、七瀬が挨拶しようとした時、彼女の存在を無視して、彼は妻にそう訊ねた。

「はい。まだです」と、咲子は答え、例の意味のない笑いを浮べながら七瀬を紹介した。

「よろしくお願いします」七瀬は頭を下げながら、掛け金をはずしてみた。

久国は、ちらりと七瀬を一瞥《いちべつ》して、ああとよそよそしげにうなずきながら、七瀬を、彼が今そこから帰ってきたばかりの高級クラブの若い女たちと比較していた。総務部長という職掌柄、観察眼は確かなようであった。

「何か、おめしあがりになりますか」

咲子が訊ねると、久国は柱時計を見てうなずいた。

「茶を貰《もら》おう」

茶が飲みたいのではなく、娘のことが心配なのだが、彼自身それに気がついていなかった。彼はことさらに、あんな不良娘など、もうどうにでもなれと思っていた。娘のことを心配するのは、もうとっくにやめたつもりでいるのだが、それは彼の意識の表面だけのことであった。彼は帰宅の遅れた娘の弁解を聞いて安心したいのだ。その弁解が嘘《うそ》であると知りながらも、やはり聞いて安心したいのである。

これは親ごころではない、と、七瀬は思った。それは、嫉妬《しっと》だった。

久国は妻に、何の感情も持っていなかった。家畜を見るのと同様、もはや軽蔑の心さえなかった。美しかった娘時代の妻の思い出を掘り起しながら彼女に接することをやめてしまってから、もう十年近くになっていた。一種の不憫《ふびん》さから話しかけることも、やめていた。結果はいつも、深い軽蔑に終ったし、妻もそれを知っていて、軽蔑されるよりは無視される方がいいというような態度を、しばしば示したからである。現在の久国の心の中には、会社内の人事面の関係や問題が複雑に入りまじり、残る空間の大半が若い女のことで占められていた。

しかし、女への感情も、むしろそれをかき立てようとするため極度に誇張されていて、七瀬には空虚さしか見られなかった。

「君、十八歳だって」と、彼は訊ねた。訊ねてから、それがまるでクラブの女にいうような口調であると気がついて、あわてて自ら、うん、うんとうなずき、結論をいった。「若いってのはいいな」また、うなずいた。「若いってのは、いい。うん」

久国の行くクラブには、七瀬とさほど歳《とし》の違わない娘がいて、久国はその娘と寝ていた。七瀬が比較されているのは、その節子という名の娘とであった。肉感的な娘だった。

「ほんとに、そうですわね」眼を深夜ショーに釘《くぎ》づけしたまま、咲子が相づちをうった。

叡子が、酔って帰ってきた。男友達に酔わされた末、モテルで休憩し、車で送ってもらったのである。

彼女は七瀬を見て、この子が来たため、今夜は遅い帰宅の言いわけをしなくてもいいだろうと考えたが、すぐに思い返し、とりあえずあっさりと弁解しておくことにした。

「今夜は良江《よしえ》さんが来なかったの。あの人が来れば、あの人の車で送ってもらって、もっと早く帰れたんだけど。しかたがないから、木谷さんに送ってもらっちゃった。あの人、もっと踊っていたかったらしいのに、わざわざわたしひとりを送ってくれたのよ」

「そりゃあ、よかった」久国が、微笑してうなずいた。

「木谷さんは親切だねえ」と、咲子もいった。

「お茶、ほしいわ」叡子はそういってから、七瀬に何やかやと話しかけてきた。

「七瀬さんっていうのね。じゃ、ナナちゃんって呼べばいいのね。十八歳かあ。羨《うらや》ましいなあ。わたしももう一度、十八歳に戻りたい」

彼女は、自分で茶を淹《い》れようとはしなかった。母に茶を淹れさせることを、なんとも思っていず、咲子も、娘から命じられることをなんとも思わず、久国も、それを当然のように思っていた。咲子は娘から、無知を憎まれていた。

喋り続けながら叡子は、今別れてきた木谷との肌のふれあいの感触を、動物的に反芻《はんすう》していた。そのあと味によって、彼女は表面軽口を叩《たた》きながら、その実たったひとり心の中で愛欲にふけっていたのだ。まだ男を知らぬ七瀬にとって、叡子の心に映し出される情景は興味深いものだった。

叡子は喋り続けたために興奮して、冒険をはじめた。家族の前で男友達のことを語りはじめたのだ。

「そしたら木谷さんがね、わざと高田さんの足を踏んづけてくれたの。それから高田さんはもう、変な眼でわたしを見るのをやめて……」

叡子のはしゃぎかたから、久国は次第に疑いを強めていった。そしてついに彼は、娘がふしだらな遊びかたをして帰ってきたことを確信した。ごまかしているんだ、と思いながら、久国は、一度だけ会ったことのある木谷という大学生と叡子が、全裸で戯《たわむ》れているありさまを想像した。

叡子のふるまいに関して、久国の描写ははなはだ迫真的だった。七瀬はさらに、久国の心の奥を覗いてみた。

久国は娘の叡子と、あの節子という名のホステスの、全裸のイメージをだぶらせていた。腹立ちを押えるため、むしろそうすることによって興奮しようと試みる一方、彼は娘のことばに絶えず上機嫌な笑いで応じていたのである。

叡子は娘らしい直感で、自分がボーイ・フレンドのことを話す時、必ず父の頬に浮ぶ微笑が、ややみだらなものであることに気がついていた。そんなことで情欲をかき立てようとする父を軽蔑していた。接待を受けて高級クラブへ行き、ふところを痛めずに毎晩飲み食いしている父のいやしさを憎んでいた。しかし、父が下請先の会社からあてがわれた若いホステスを抱いていることまでは、知らぬようだった。

七瀬は、自分という他人が闖入《ちんにゅう》してきた最初の夜であるにもかかわらず、家族たちの様子がふだんとまったく変らぬらしいことに、やや驚いた。この家族は、もともと、みんな他人なのだ、と、思った。おそらく、潤一という長男が戻ってきても、この雰囲気には変化がないのだろう、と、そうも思った。

テレビの深夜ショーが終っても潤一は戻らず、しかも家族たちには、長男を案じる様子がまったくなかった。彼のことを心に思い浮べもしなかった。

「寝るとするか」テレビが消されたので、久国が立ちあがった。

実は今まで、家族たちの見せかけの団欒《だんらん》は叡子のおしゃべりによって成立していたのではなかったのだ。七瀬は、やっとそのことに気がついた。一種のバック・グラウンド・ミュージックとして流れるテレビの雑音によって、あやうく支えられていたのである。テレビが消されると、家族の上に息苦しい沈黙が襲い、もう、寝る以外にはない。何もない。

茶の間を出て行きかけた久国が、ふと、立ちどまった。娘の帰宅が遅かったことを、とうとう一度も咎《とが》めなかったのだ。寝る前に、ひとこと叱《しか》っておいたものか、どうしたものかと彼は考え、形式的にも一度だけたしなめておくのが親の義務だと自分を納得させた。だが、むしろそれは、平和で幸福な家庭という舞台でやさしい父親の役を演じ続けるためには絶対に必要なことだったのだ。

「今度から、もっと早く帰ってきなさい」せいいっぱい軽くたしなめる口調を装《よそお》いながらも、押し出すような声で久国はいった。

「はい。すみません」

久国が立ち止った時から、ちゃんと準備のできていた叡子は、すぐ素直にあやまった。だが、もちろんそれだけではすまさなかった。彼女も、お茶目な娘の役を演じなければならない。と同時に、父親に一矢《いっし》報いなければならない。

「でも、土曜日の晩に、わたしより早くお父さんが帰ってきているなんて、思いもよらなかったわ」と笑った。

久国も笑った。照れていた。

咲子も、顔を歪《ゆが》め、笑う声を出した。

七瀬はどうしても笑うことができず、あわててあと片づけするふりでごまかした。家族たちの笑いは、緊張をほぐす役には立たず、むしろ空虚さをきわだたせただけである。

家族たちがみんな寝てしまっても、潤一は帰ってこなかった。

彼女の部屋としてあてがわれた玄関横の四畳半は、前の道路を時おり走っていく車の唸《うな》りがよく聞え、七瀬はそのたびに眼を醒《さ》ました。明けがた、おそらく四時半か五時であろうと思える頃、スポーツ・カー特有の弾力性のある轟音《ごうおん》が玄関横のガレージの中で消えた。潤一が玄関のドアの鍵《かぎ》を持っていることを知っていたため、七瀬は起きなかった。

日曜日でもあり、翌朝は家族全員が朝寝をし、十時前になってやっと咲子が起きてきた。七瀬が来たために、故意に惰眠をむさぼったという様子だった。

昼少し前、七瀬が潤一の部屋の前を通りかかると、室内から大きな寝ごとが聞えた。最初は寝ごとと思わず、おどろいて立ちすくんでいると、叡子が起きてきて、くすくす笑いながらいった。

「寝ごとでしょ。最初はみんな、びっくりするのよ」

潤一は、二時前に起きてきて、酔い醒ましと称しながら丼鉢《どんぶりばち》にいっぱいの味噌汁《みそしる》を飲んだ。彼は前夜、女のアパートでウイスキーの丸瓶を半分ほど飲んでいた。その女は、潤一の中学時代の同級生だった。彼女は現在、クラブのホステスをしていた。彼女の名は、節子といった。肉感的な娘だった。

父と子が、同じ女とベッドを共にしていたのである。しかも潤一は、それを知っているのだ。七瀬は、まじまじと潤一の顔を眺めた。潤一は、節子というその女と、ベッドの中で酒を飲みながら父の悪口をいい、笑いものにすることで、父への憎悪《ぞうお》を発散させていたのである。

「ぼくの顔、珍しいかい」

だしぬけに丼鉢をごとんとキチン・テーブルへ置き、潤一が七瀬に顔を向けてそう訊《たず》ねた。台所にふたりだけであることを計算に入れ、七瀬をどぎまぎさせようという腹だった。七瀬はわざとどぎまぎし、顔をそむけて見せた。

「い、いいえ。あの、別に」

彼女のうろたえぶりを見て、潤一は満足していた。ナルシストだった。

七瀬はその日、夕食時まで掛け金をはずそうとしなかった。潤一の心の中に、あの節子という女の顔を発見した時、七瀬が受けたショックは大きかった。十数年、他人の心の中を読み続けてきて、たいていのことには驚かなくなっている七瀬ではあったが、今度ばかりは、これ以上の衝撃を受けた場合の自分の態度と立ちなおりかたに、自信がなかったのである。

ひどい、と、彼女は思った。こんなひどい家族には、今まで出あったことがない。

誰がいい出したわけでもなく、一週間のうち日曜日いちにちだけは、家族全員が家にいることになっていた。それは破綻《はたん》を避けるために、尾形家がいかにも家庭的な家庭であるということを、家族全員が態度で示して見せる日だったのである。

よく晴れた日だった。

久国は、ずっと庭の手入れをして過した。

他の家族は、テレビを見たり、自分の部屋にとじこもったり、さもなければ用もなく家の中をうろつきまわり、誰かと出くわすたびに明るさを装った空虚な冗談をやりとりして笑いあい、ヴェランダから庭の久国に悪意のない悪口を投げかけたりした。

「あっ姉さん、またお尻《しり》に肉がついた」

「昨夜はお楽しみ。ふふ」

「母さん。腰が曲ってるよ」

「ああら。パパのセーター趣味悪うい」

「父さん。帽子とってやった方がいいよ。明日会社で、ゴルフ焼けだと思ってもらえるからね」

「何をいうか。ゴルフ焼けなどは下《した》っ端《ぱ》の接待係社員がなるもんだ。こっちはもっと大物だよ。大物」

「潤一。おなかが出てきたわよ」

「母さん白髪がありますね。とったげよう。ほら、ね、これ」

咲子だけが、何をいわれても返事せず、ただ笑う顔を相手に向けるだけだった。

家族全員が自分の役柄を知り、悪意を秘めながら家のあちこちに散らばり、移動し続けていて、すれ違う時だけは蓴菜《じゅんさい》のようになめらかに身をくねらせて触れあい、テレビのホーム・ドラマを見て身につけた巧みなポーズをとっていた。

七瀬は息苦しかった。彼女は昨夜すでに、この家にはとてもながく居つけないと判断していたのである。

夕食の支度が整い、テレビのニュースが始まる七時きっかりに、家族全員が茶の間に集まった。これも尾形家の習慣だった。誰がいい出したわけでもなかった。もし誰かそのことを口に出す者がいれば、たちまちその習慣は破られてしまうに違いなかった。

「ウイスキーになさいますか」と、咲子が訊ねた。（お酒はもう、あまり残っていない。ウイスキーにしてほしい）

「軽く、酒だな」と、久国がいった。（あのクラブでは、酒は飲めないからな）

（そうだろうともさ。クラブじゃ、酒は飲めないからな。酒、晩酌。ふん。老人趣味だ。おれはいやだぞ）「ぼくはウイスキーだ」潤一はそういってから、反抗的に聞えるのを恐れ、あわててつけ足した。「明日は早いから、飲んで寝ちまうんだ」

「迎え酒ね」と、叡子が冷やかした。彼女は弟の体質、生理が、男でありながら自分そっくりなのを、身の毛がよだつほど嫌い抜いていた。

潤一は笑って答えなかった。彼にとって姉の叡子は、まず第一に母親の血をひいた馬鹿《ばか》な女であり、しかも許せないことには、母親のように自分が馬鹿であることを認識してはいず、あろうことかあるまいことか、他の女たちに比べて、むしろ自分を利口だと思っている、どうにも救い難い女であることだった。

さらに、いずれは家を出て行く癖に、当然彼が貰《もら》うべき金を半分掻《か》っさらってい く存在であった。美貌《びぼう》を鼻にかけているため装いに尚《なお》さら金がかかり、しかも自分のことを、わたしは金のかかる女なのよと、絶世の美女気どりで開きなおっていることが鼻もちならなかった。

「じゃ、ナナちゃん。ウイスキーとお酒ね」と、咲子がいった。

「はい」七瀬は台所に立った。

どの徳利で燗《かん》をし、どのグラスを出すか、七瀬はしばらく考えなければならなかった。むろん、そんなことは、咲子の心を読んで、全部わかっていた。咲子はそういった些細《ささい》なことしか考えないからだ。

だが七瀬にとってはむしろ、それが危険なのだった。あまりにも、咲子が心で望んだ通りのことをして見せた場合、なぜそんなに勘がいいのかと怪しまれる恐れがあるからだ。こんな時、七瀬はいつも意識的なあやまち、故意の頓珍漢《とんちんかん》を演じなければならない。

わざとグラスをまちがえて茶の間へ戻った七瀬に、叡子が、いかにもやさしく注意してやるといった口調で声をかけた。
「あら。もっと小さなウイスキー・グラスがなかったかしら。それ、シャンパン・グラスよ」（白痴。田舎者）
他のすべての女性に対して、叡子の心は冷やかな悪意を向ける。
「いいんだ。でかい方がいい。それで飲むから」と、潤一がいった。（きいた風なことをいうな。おせっかいの馬鹿女め）
叡子はにやりと笑った。（ふん。いい恰好《かっこう》してさ。アル中）
久国も、にやりとした。「いやに、ナナちゃんにやさしいじゃないか」
（どうして、そういうことにだけぴんぴんくるんだよ。このエロ爺《じじい》）「ぼくは、すべての女の子にやさしいんだ」（手前の情婦にだって、やさしくしてやってるんだぞ。この老いぼれ）
「へえ。そうかい」久国は、それ以上いい返さなかった。
彼は若さを、必要以上に怖《おそ》れていた。会社で人事に関するごたごたが起る時、その原因の大半が若い社員の上役に対する反抗、それも信じられぬほど徹底的な反抗にあることを久国は、いやというほど教えられていた。だから、いざ潤一から反抗された時のことを考えると、その時の自分の弱さ、自信のなさ、うろたえぶり、つまりは父親としての権威の失墜がまざまざと想像でき、それはからだがすくむほどの恐ろしさだったのである。

しかし七瀬が潤一を観察したところでは、それは久国の買いかぶりだった。潤一は、もし父に反抗的な口をきいたとしても、父から逆襲されればたちまち降参してしまう程度の強さしか持っていなかった。一喝されればふるえあがるに違いなかった。

父親を憎み、軽蔑《けいべつ》するのは、さらにその奥に父親への怖れと罪悪感があるからだった。潤一自身、そのことには気がついていなかったが、しかしそれは、何かの拍子ですぐ心の表面に浮びあがり、拡《ひろ》がる筈《はず》だった。

「潤一。いくらナナちゃんにゴマすりしたって、だめよ」と、叡子がいった、「あなたのひどい寝ごと、聞かれちゃってるんだから」

「ひやあ。そいつは参ったなあ」

潤一は二枚目半に自分を擬して、底抜けに明るい豪快な悲鳴をあげた。それから上目づかいに七瀬をうかがい、わざと心配そうな口調で訊ねた。「それで、ぼく、どんな寝ごといった」

もういやだ、と、七瀬は思った。口論ばかりしている家族の方が、よほどましだ、と思った。この見せかけの平和の、微妙な均衡を破壊してやろう、と、七瀬は考えた。そのために、家族同士がどれだけ激しく、深く、互いを傷つけあったところで、今の状態よりはずっとましだ。七瀬はそう思ったのである。

彼女は、くすっと、笑って見せた。「女のかたの、お名前を呼んでらしたわ」

潤一が箸《はし》の動きをとめた。

その様子を見て、叡子が心でほくそ笑み、期待に舌なめずりした。

「ほう。女の子の名前をかね」久国がにこやかに七瀬を見て、ほんの少し大きな声で訊ねた。家長として、常に座の主導権《ヘゲモニー》を握っていなければならぬという意識が、さほど興味の湧《わ》かぬ事柄にも口出しすることを、彼に義務づけていたのだ。「なんて名前だ」

七瀬は、間髪を容《い》れず、さらりといってのけた。「節子さんって、言ってらしたわ」

久国が、一瞬、怪訝《けげん》そうな表情をした。

（きた。ついにきた）潤一はからだを固くした。（くそ。このおしゃべり女め）

叡子は父と弟の態度の急変に気がつき、なにかある、と、直感した。（でも、おかしいわ。あの時の寝ごとはわたしも聞いたけど、女の子の名前なんかじゃなかった筈だわ）

しまった、と、七瀬は思った。叡子が寝ごとを聞かなかったとばかり思っていたのである。こうなれば、叡子の心を父と弟の対立に向けてしまわなければならない。そのためには、久国と潤一の間の疑惑と敵意を、より深めなければならない。

「それから……」七瀬は考えこむふりをした。節子が勤めているクラブの名前を、久国と潤一の心から読み取ろうとした。しかしその名前は、ふたりの心のどちらからも読み取れなかった。

潤一の注意は、父親の表情と態度に集中していたし、久国の方は、自分の知っている節子が、息子と知りあっている可能性を検討し続けていたからである。

「それから、なんだね」と、久国が訊ねた。「まだ、何かいったのかね」

「いやだなあ」潤一がいそいで、おどけて見せた。「もう、勘弁してくれよ。ナナちゃん」

そういわれてしまっては、七瀬がそれ以上煽《あお》り続けることは、むしろ全員の注意を七瀬に向けさせることになり、かえって危険だった。七瀬はクラブの名を出す計画を放棄した。それは、決定的な破綻から遠ざかることだった。

緊張で、しばらく沈黙が続いた。

ぷっ、と、久国が噴き出した。

「そうかい。節子さんかい。はははははは」

彼は節子という名を口にする抵抗感を克服したため、上機嫌になっていた。

家族全員が、またあの空虚な笑いを笑って見せた。

均衡は、常態に復した。

(節子なんていう名の女は、ざらにいる)

(何かあったんだわ。絶対に何かあるんだわ。節子って誰だろう)

(この女中、おしゃべりだな。なんとかしなくちゃ)

それぞれが考え続けていることの黝《あおぐろ》さとはうらはらに、家族たちはテレビの中から話題を拾い、ホーム・ドラマに擬したいかにも健康そうな明るい会話を続けた。

七瀬は潤一に危険を感じた。何かをたくらみそうであった。

彼女の予想通り、潤一の七瀬に対する陰謀は次第にその形をととのえ、二日後、彼は計画を実行に移した。彼は父の財布と母の財布から、少なくなっていることがわかる程度に金をくすね、七瀬に濡《ぬ》れぎぬを着せた。彼女が盗むところを目撃したと、母親に耳打ちしたのである。

前もって、すべてを知っていながら、七瀬にはどうすることもできなかった。潤一に対して反撃に出た場合、彼に、七瀬の超能力を知られる怖れがあったからだ。

不思議なことに、咲子は潤一から聞いたことを、久国に告げようとはしなかった。女中が金をくすねたりするのは、さほど珍しいことではないと思っていて、それで平然としているのだろうか、と、七瀬は思い、折にふれ掛け金をはずし、咲子の心を読んだ。

そこにあるのはあいかわらず日常茶飯事のがらくたであり、「ナナちゃんの盗癖」という事柄も、七瀬には読めなかったが、きっとそのがらくたのひとつとしてころがっている筈だった。それら数多くのがらくたに、重要なものと、さして重要でないものの区別は、つけられていなかった。おどろくべきことに、それらはすべて同一平面上に散らばっていたのだ。

咲子の様子から、もしかするとお払い箱にはならないのではないかと思っていた七瀬の予想は、意外にもはずれた。咲子は七瀬の新しい勤め先をずっと心にかけていたのである。それがわかったのは、咲子からその話をもちかけられた時であった。

「神波《じんば》さんというお家《うち》なんだけどね」と、咲子はいった。「お子さんがみんな大きくなってきて、そのお世話に困ってらっしゃるの。なにしろ家族が十三人なものだから、大変らしいのよ。あなたには、せっかく来てもらったんだけど、もしあなたさえよかったら、そのお宅へ行ってあげてくれないかしらねえ」

「十三人……」七瀬は心の中で、ほっと溜息《ためいき》をついた。

「でも、皆さんとてもいい人ばかりで、いいご家庭なのよ。お給料も、うちなんかより沢山くださるそうだし」

咲子の心にさぐりを入れてみたが、そこには七瀬を傷つけない喋《しゃべ》りかたの工夫や、言いまわしのサンプルしかなかった。しかし七瀬に、これ以上いてほしくない気持は、ありありとうかがえたので、七瀬はうなずいた。

「では、行かせていただきます」

咲子もうなずいた。「残念だけどね」むろん、咲子の心に感傷などはない。いったい、この人の精神構造はどうなっているのか、と、七瀬は思った。まるで本心を隠してでもいるかのように、感情が、心の動きが、まったくわからないではないか、と、そこまで考えて七瀬はぎくりとした。

本心を、隠しているのではないか。

本心を隠すため、彼女はわざと、意識の表面に些細な事物を散りばめているのではないだろうか。ちょうど、レーダーの映像を不鮮明にするため、空中に無数のアルミの破片をばら撒《ま》き、敵の目をくらまそうとするように。

そうだ。それこそ、彼女が七瀬の新しい勤め先を心がけていたことを、今まで七瀬が読みとれなかった理由にちがいない。

と、いうことは、咲子が七瀬の超能力、精神感応《テレパシー》を知っていたからなのだろうか。もし咲子がそれを知っているのなら、咲子自身も精神感応能力者《テレパス》だということになる。

なんということだろう。

最も警戒しなければならぬ相手は、この咲子だったのだ。それなのに七瀬は、咲子の精神力の弱さを軽視し、むしろ今まで他の家族たちの咲子に対すると同様、彼女を完全に無視していたのである。

この人は、ほんとにテレパスなのだろうか。それともただ単に、直感力にすぐれていることを自分で隠そうとしているだけなのだろうか。それとも、やっぱりテレパスか。

（もしそうなら、心で返事して）

（もしそうなら、心で返事して）

七瀬は咲子の顔をじっと見つめながら、何度も心でそう呼びかけた。

しかし、咲子は無表情だった。彼女の意識野にひろがるあの荒涼たる心象風景も、今までと変りはなかった。

七瀬は怖ろしさに、背すじが冷えた。

家庭のうわべの平和と均衡を守るためには、テレパスである妻は、こうでなければならないのだろうか。彼女は、そうしなければならなかったのか。そして咲子が、精神感応力を持つ女の晩年の姿であるとすれば、自分もいずれはこうなるのだろうか。いやいや。テレパスだけとは限らない。直感力のすぐれた女性はすべて、その鋭さを隠して、たとえうわべだけにせよ家庭の平和を維持するため、自ら軽蔑され無視されるような精神構造を持つ必要があるのだろうか。そうしてこそ、最も利口な妻といえるのではないだろうか。

七瀬の紹介状は、久国が書いた。

久国から紹介状を手渡された時、七瀬は久国の心を読み、その紹介状には、特に自分にとって不利なことが書かれていないことを知り、安心した。

と、いうことは、咲子はついに、七瀬の盗癖のことを久国には告げなかったのだ。そしてそれはまた咲子が、真犯人は潤一であることを知っていたからかもしれなかった。

しかし、そんなことは七瀬にとって、もうどうでもいいことだった。翌日の昼過ぎ、七瀬は尾形家を出た。尾形家にやってきてからちょうど一週間めだった。

どうぞ、いつまでもお芝居を続けてください、いつまでも家族サーカスをお続けなさい。舞台装置じみた小綺麗《こぎれい》な尾形家を振り返ろうともせず、七瀬は門を出た。

前庭にはまだ、あの赤い花が咲きみだれていた。

澱《おり》の呪《じゅ》縛《ばく》

神波家《じんばけ》は、郊外電車の分岐駅《ジャンクション》に近い大通りに面した、大きな履物店である。店は間口が二間半あり、店の奥が家族の住居になっていて、その住居は裏通りにまで通じている。

店員はひとりもいなかった。主人夫婦が、交代で店番をするのである。

この家にやってきてすぐ、七瀬は、暗い奥の間から茶の間、台所、そして彼女にあたえられた女中部屋にいたるあらゆる部屋に、異様な臭気が立ちのぼり、それが家全体を包みこんでいることに気づいた。

どんな家にでも、その家固有の臭《にお》いがあって、それはある時にはその家の住人たちにしか感じとれない臭いであったり、あるいはその逆であったりする。また、実際には臭いなどはなく、臭いがあると感じるのは単に心理的な原因、例えば先入観なり他からの連想なりであるに過ぎない場合も多い。だが、今までに数軒の家を次つぎと住込みで勤めてきた七瀬の経験では、この神波家ほど、はっきりした異臭が強烈に立ちこめている家は初めてだった。むろんそれは、店に並べられている下駄《げた》の、杉や檜《ひのき》の香りではなかった。

さらに不思議なのは、家人の誰もがこの異臭に気づいていないらしいことだった。

「あら、なんの臭いかしら」

最初、奥の間で神波家の主人である浩一郎《こういちろう》と対面した時、七瀬はうっかりそういった。だが浩一郎は、ほんの少し顎《あご》をあげて鼻をうごめかしただけだった。

「ん。何か臭うかね。台所で何か焦《こ》がしたんだろう」

浩一郎は気さくな男だった。まだ五十歳になったばかりというのに、すでに枯れた味わいさえ漂わせていた。中年男の気さくさや、ものやわらかさというのは、ほんのうわべだけの見せかけに過ぎぬ場合が多いことを七瀬は知っていたが、彼女がこの男の心にさぐりを入れた限りでは、どうやらほんもののようだった。商売人らしい狡《ずる》さもそれほど持っていなかったし、なぜ七瀬が前の家の勤めをやめたか聞こうともせず、また、それを訊《たず》ねることに気がつきもしなかった。人を使った経験が一度もないようだった。七瀬は浩一郎に好感を抱いた。

「いやあ、かあちゃんがからだを壊しちゃったもんでね」十八歳の七瀬に、浩一郎はそんな言いかたをし、まるで自分が何か悪いことでもしたかのように、頭を掻《か》いて見せた。人柄からごく自然に出た剽軽《ひょうきん》さで、作られたものではなかった。「無理して台所仕事などやってるけど、ほんとは医者にとめられてるんだ。だけど、何しろ子供が十一人もいるもんでね」

「はあ。それは尾形さんで伺ってきました」と、七瀬は答えた。

「あ。そうかい」浩一郎はびっくりしたように眼を丸くし、きょとんとして七瀬の顔を眺めた。

浩一郎と話しあっている間にも、四歳の陽子や六歳の悦子がはしゃぎながら廊下を駆けまわり、時には客が来て、浩一郎が店へ出て行ったりした。あわただしさが日常になっている家庭だったが、なぜか空虚さがなく、むしろ落ちつきがあった。それもまた、家全体にしみ込んだ異臭のせいなのではないか、と七瀬は思った。

三畳の女中部屋に落ちついてしばらくしてから、主婦の兼子《かねこ》が話しにやってきた。

「うちは大変なのよ、覚悟しといてね」兼子は笑いながらそういったが、それが本心から出ていることばだということを、七瀬は知った。彼女は心から休息を望んでいるのだ。

これはどうやら、休む暇もなく働かされることになりそうだ、と、七瀬は思った。しかし働くことがさほど嫌いではないから、兼子の意識の中にあらわれた、脱衣場に山と積まれている洗濯物のイメージを読み取っても、げっそりするというほどのことはなかった。

「今年大学を出て造船会社に勤めている慎一《しんいち》が長男。次男の明夫が大学の、ええと、何年生だったかしら。長女の道子が高校生だけどこれは来年女子短大を受けるので受験勉強があるから、家事を全然手伝ってくれないの。それから次がええと、三男で、高校生の、敬介《けいすけ》、じゃなかったわ。敬介は四男で中学生。三男は良三《りようぞう》。それから」

病的に肥満した兼子は、金歯だらけの口を大きく開き、いささか投げやりな陽気さで喋《しゃべ》り続けた。

投げやりになるのも無理はない、と、七瀬は思った。大勢の子供を育ててきた苦労の記憶と、これからも育てて行かなければならないのだというあきらめが、兼子の意識の中で日常生活の他の部分を圧するほどのやりきれなさとなり、澱《よど》み、凝固していた。それを感じとった七瀬でさえ溜息《ためいき》が出るほどのやりきれなさだった。

異臭は兼子と話している間にもますます強くなった。異臭の源は、この女中部屋ではないか、七瀬がそう思ったほど、その臭いは七瀬にとって強烈だった。

「あの、このお部屋は以前、何だったのですか」思わず七瀬はそう訊ねた。

「え」

兼子は咄嗟《とっさ》に七瀬の質問が理解できぬ様子だったが、彼女が口にする前に答えは彼女の心の中にイメージとしてあらわれていた。単なる物置部屋だったのだ。

「お手伝いの住込みは、わたしが初めてなんでしょう」

兼子が答えないものだから、先を越してそう言ってしまった七瀬は、すぐ自分の失敗に気がついた。兼子が怪訝《けげん》そうな表情で、七瀬をじっと見つめたからだ。

（なぜこの子は、そんなことを知っているのだろう）

七瀬は心の中で舌打ちする思いだった。（ああ。またやっちゃったわ）

他人の心を読みとる特異な能力を七瀬が備えていることは、まだ誰にも知られていない筈《はず》だった。

幼い頃の七瀬は、自分のその能力が、いわゆる『勘』というものなのだと思っていた。だが、おそろしく勘の鋭い子供だと大人たちから何度も指摘されたり、他人の心を言いあてて笑ったためにひどく叱《しか》られたりした経験から、いつか自分の能力を隠すようになり、今では、自分の精神感応力を他人に知られた場合、身の破滅になり兼ねないことをはっきりと認識していた。他人の心を覗《のぞ》き見るための努力や、他人の意識の流れを自分の心から遮断する操作を覚えたのも、ごく最近だった。しかし、初めて見ず知らずの他人と会った場合は、必要上どうしても「掛け金」をはずしっぱなしにしてしまうため、相手の考えたことと喋ったことの見わけがつかなくなり、つい自分の能力を露呈する結果になるのである。さいわい、たとえば極めて平凡な家庭の主婦であるこの兼子のように、たいていの人間は精神感応能力者《テレパス》などというものの存在を想像すらしていないため、さほど不審の念を抱かれることもなく、だから七瀬が自分で心配するほど危険な立場に身をさらされることもなかったのである。

だけどやっぱり、気をつけるに越したことはない、と、七瀬はこれでもう何十度めかの自戒をするのだった。一旦《いったん》見破られたら、もう、おしまいなのだから。

「さっそくだけど」と、兼子が言いにくそうに頼んだ。「お洗濯してくれないかしら。わたし、晩ご飯の買いものに行かなきゃならないの」

彼女は、(よそよりもずっと高いお給料を払うのだから、それだけ分は働いて貰《もら》わなきゃ)と、考えていた。むろん、どこの主婦でも考えることなので、七瀬はさほど気にせず気軽にうなずいて立ちあがった。

兼子に教えられて浴場の手前の脱衣場へ行く途中、廊下からちらりと覗いた茶の間には卓袱台《ちゃぶだい》の上に茶碗《ちゃわん》が三つ、底に飯粒をこびりつかせたままで置かれていた。

ガラス戸を開き、兼子の心に描かれていた通り洗濯物が山積みされている広い板の間に入ったとたん、例の異臭がさらに強く七瀬の鼻の奥をむっとつきあげたので、彼女は大きくたじろいだ。

臭気の発生源はこれだったのかしら、と、七瀬は思った。下着類はどれもこれもまっ黒に汚れていて、男性用肌着、特に靴下の汚れと臭いはひどかった。七瀬は胸が悪くなった。しかし、浴場の隅に置かれていた洗濯機の扱い方を七瀬に説明する兼子の心からは、その臭気に関する何の感情も見出《みいだ》すことができなかった。この臭いに馴《な》れてしまっているのかしら、と、七瀬は思った。そうとしか考えられなかった。何年も、何十年も、同じ臭気に包まれて暮していれば、いつか嫌悪感《けんおかん》もなくなり、ついには何も感じなくなってしまうのであろう。主人の浩一郎はじめ、七瀬がまだ会っていない他の家族たちも兼子と同様、自分たちの家に満ちていることの異臭をまったく意識していないに違いなかった。もし意識したならとても我慢できる性質の臭いではないと思えたからである。

その臭いは、甘ったるい中に酸味のある一種の動物的な臭いで、それはたしかに、馴れてしまえばあるいは意識しなくなるかも知れぬと思わせる種類の臭いだったが、初めてこの臭いを嗅《か》がされる者にとっては、どうしようもなくやりきれない、嘔吐《おうと》感《かん》と頭痛を併発させずにはおかないような、強烈な臭気だったのである。

「それじゃ、頼むわね。ついでに茶の間も片づけといてね」

心を読みとるまでもなく兼子は、自分が洗濯しなくてすむ嬉《うれ》しさをあからさまに表情に出して七瀬にそう言い、大きな買物籠《かご》をぶらさげて出ていった。

洗濯物は洗濯機に九杯分あった。ゆすいだ水を流すと、それはまっ黒だった。いくら十三人家族とはいえ、どうしてこんなに洗濯物が溜《た》まったのだろう、昨日は雨も降らなかったのに、と、そう思い、七瀬は首を傾《かし》げた。この家では洗濯機は、おそらく三年以上もたないだろう、と、そうも思った。

洗濯機を動かしたままにして、茶の間を片づけ、掃除した。働いているうちに、さっきちらと観察した兼子の投げやりな意識内容と思いあわせ、次第に彼女の性格がわかってきた。子供が十一人もいるからそうなったというのではなく、兼子はもともとルーズな性格なのだ。茶の間にしろ、台所にしろ、埃《ほこり》だらけだった。戸棚を開くと、普段使っていない皿や碗が乱雑に並べられ、埃にまみれ、流し台の横の洗ったあとの茶碗の底には、かちかちになった飯粒がこびりついていた。おそらくごしごし洗ったりせず、単に水に浸しておいて拭《ふ》くだけなのだろう。洗い桶《おけ》で洗ったばかりらしい濡《ぬ》れた十数本の箸《はし》の先にも、ひからびた糊《のり》のようなものがいっぱいくっついている。こっちの方は拭きもせず、水を切るだけなのだろうか。

まともな神経ではない、と、七瀬はあきれた。ふつうの主婦なら我慢できる筈のない不潔さである。もともとずぼらな性格だったところへ、十一人もの子供の世話をしなければならなかったため、ますます無神経になり、不潔さに対して鈍感になってしまったのだろう。七瀬は今までにも十人に近い大家族の家庭へ二、三度勤めたことがあったが、いずれも、こんなことはなかった。ルーズといえば無計画に十一人も子供を生んだことが、そもそもルーズだったのではないだろうか、七瀬はそんなことさえ考えたりもした。

裏庭へ洗濯物を干している時、いやな予感がした。空が曇ってきたのである。さっき箪笥《たんす》をのぞいた時には、余分の下着はほとんどなかった。いや。全然なかったといっていいほどで、おそらく、どれが誰の下着とはっきり決められてはいないのだろう、主人の浩一郎の分さえ見あたらなかったのである。もし今夜雨が降れば、どんなことになるのか、明日はどうするのか、そう思い、七瀬は気が気でなくなってしまった。兼子はきっと、そんなことにも平気なのだろう。

小学生たちが学校から戻ってきて、珍しげにじろじろと七瀬を眺めた。女の子が二人に男の子が一人である。六年生の綾子《あやこ》だけが七瀬に話しかけてきて自己紹介をした。三人の幼い意識を観察し、いずれも父親に似て人なつっこく、こだわりのない性格であることが七瀬にはすぐわかった。母親に似てずぼらな性質を持っているかどうかまではわからなかったが、服装から判断して、少なくとも不潔さを気にせぬらしいことだけは確かだった。おそらく他の子供たちもそうに違いないと七瀬は思った。

ふつうの家庭ならおやつをねだる時分だろうが、何もないことを知っているらしく、子供たちは冷蔵庫をあけて見ようとさえしなかった。冷蔵庫の中には魚の干物とニンニクがあるだけだったのだ。

店にいる浩一郎から小遣を貰って子供たちが外へ出ていったあと、兼子が配達を頼んだらしく八百屋がやってきた。大根六本、白菜三把、レタス二十個、胡瓜《きゅうり》が十五本、キチン・テーブルが一杯になる程の大量の野菜だった。

夕方になり、中学生、高校生たちが次つぎと帰ってきたが、兼子はまだ戻らなかった。どこかで誰かと話しこんででもいるのだろうか、そろそろ夕食の支度をしなければならないのに、そう思って勝手のわからぬ七瀬は、ひとりやきもきした。あるいはこの家では、そんなことにやきもきしなくていいのかも知れなかったが、十三人分の夕食を作らなければならないのだと考えると、やはりいら立たずにはいられなかった。

「ご免なさいね。遅くなって」

牛肉三キロ、食パン五斤《きん》、バター一ポンドその他を買物籠に入れて兼子が戻ってきた時には、もう日が暮れはじめていた。小さな子供たちもとっくに外から帰ってきて、茶の間でテレビを見ながら、おなかがすいたと泣き声をあげていた。どんなつもりでいるのだろう、と、七瀬は兼子の心を覗きこんだ。想像していた通り、兼子はこの町に住んでいる学校時代の友人に会い、駅前の喫茶店で喋りあっていたのだった。彼女はまだその時の会話を反芻《はんすう》しながら、うわの空で夕食の支度をしていた。

ほんの二、三種類の調味料を使っただけのひどい料理が大量にできた時、会社員の長男や大学生の次男が帰ってきた。比較的裕福なのに、子供にはあまり小遣は持たせず、夕食は必ず家で食べさせるという方針の家庭らしかった。

十三人もの家族が茶の間で食事をするのだから、きっと蜂《はち》の巣を突っついたような大騒ぎになるだろうと七瀬は予想していたが、せいぜい小さな子供たちがテレビのチャンネルを奪いあうだけで、よその小人数の家庭と比べてさほどの違いはなく、むしろ静かなくらいだった。中学生以上の大きい子供たちは、自分たちの家では初めてのお手伝いだというのに七瀬のことをさほど気にせず、みんなもくもくと食べ続けていた。主《あるじ》の浩一郎も同様だった。七瀬がそれぞれの心をさぐってみると、みんなひっそりと自分だけの問題を考え続けながら機械のように箸を動かしていた。あんなまずい料理を、よく文句もいわずに食べるものだと思ったが、不味《まず》い料理が日常になっている上、食道楽などというものからはほど遠い家庭で、だからむしろ家族全員が味覚に対して完全に無関心になっているのだとしか、言いようがなかった。

その夜、食卓の片づけを済ませてから七瀬が洗濯物をとり入れようとすると、曇天だったためかまだ乾いていなかった。兼子がひと晩中干しておけというので、しかたなくうっちゃっておくことにした。

風呂《ふろ》には、いちばん最後に入った。垢《あか》がまっ白に湯の表面を覆《おお》っていて、とても湯槽《ゆぶね》に入る気がせず、七瀬は冷たいのを我慢して水道の水でからだを洗った。

夜は、異臭のために頭が重く、なかなか眠れなかった。いやな夢を見て、一時間ごとに眼を醒《さ》ました。

台所の隅にいる夢を見た。どこの台所かはわからなかったが、彼女はうずくまり、縁の欠けた茶碗の底に埃にまみれてこびりついている、固くなった飯粒を、ざらざらした舌でこそげ落そうとしていた。ひどい味だった。汗びっしょりで眼を醒ますと、この家の飼猫がいつのまにか布団《ふとん》にのぼり、七瀬の胸の上で寝息を立てていた。猫の夢が、七瀬の無防備の意識へなだれこんできていたのである。彼女は猫を廊下へ追いやり、襖《ふすま》をぴったりと閉めた。

夜、小雨が降ったらしく、朝になって七瀬が裏庭へ行ってみると、洗濯物はまだ湿っていた。一枚一枚、アイロンをかけて乾かす以外に方法はなさそうだった。

とにかく顔を洗おうとして洗面所へ行くと、おどろいたことに、昨夜出しておいた七瀬の歯ブラシをすでに誰かが使ったらしく、練歯磨が毛にいっぱい付着していた。歯ブラシの持ち主さえはっきりとは決っていず、少しでも新しい歯ブラシがあれば、誰のであろうと構わず使ってしまうらしい。試みに、並んでいる歯ブラシの数をかぞえてみれば十本しかなく、そのうち二、三本はとても使いものにならぬほど毛がすり減っているから、つまり家族の内の少なくとも五、六人は歯ブラシを共同で使っていることになるのだ。

わたしの歯ブラシだけは、ここへ置かないようにしなくては、と、七瀬は思いながら、その朝だけはしかたなく指で歯を磨いた。

兼子が朝食の支度にかかりきりだったために、アイロンかけは七瀬がひとりでやらなければならなかった。そのうちに子供たちが次つぎと起き出してきて、アイロンかけが子供たちの着換えに追いつかなくなってきた。子供たちは家事室へやってきては下着を脱ぎ捨て、七瀬がアイロンをかけ終ったばかりの下着をひったくるようにして着ていった。アイロンかけが待ちきれず、誰かの脱ぎ捨てた下着の中から、できるだけ汚れていないものをあさって着て行く子供もいた。ひとつひとつ臭《にお》いを嗅ぎ、さほど汗臭くないものを着ていくのである。

高校生や中学生たちが起きてきて、会社員や大学生の兄が脱ぎ捨てていった靴下を奪いあいはじめた。くんくんと鼻をならして臭いを嗅ぎ、ぱったり倒れて見せるおどけた子もいた。

たちまち家事室にはあの異臭が立ちこめ、七瀬はまた頭痛に襲われた。今度は吐き気も伴っていた。

この臭いとの戦いだわ、と、七瀬は決意した。なんとかして、このいやな臭いをこの家から追い出してしまわなければ、と、そう思った。この家の団欒《だんらん》は、家族全員がまったく意識していないこの異臭の中に、ひっそりと澱《よど》むことによって保たれているかに見えた。

小さい二人を残して子供たちがみんな出ていったあと、七瀬は兼子と朝食のあと片付けをしながらまた少し話しあった。

兼子の話によれば浩一郎は、商売以外に土地の売買などをして儲《もう》けていた。子供たちはみんな、さほど頭がよくはないが、さほど悪くもなかった。しかし最近では、頭がよすぎるよりは適当に抜けている方がむしろいいのではないかという、これは兼子の変に処世的な意見であった。

兼子のお喋《しゃべ》りはとりとめがなく、話題は脈絡のないままあちこちへとんだ。七瀬は昨日の失敗をくり返さぬよう、できるだけ掛け金をおろして兼子の相手をしたが、一度だけちらりと覗《のぞ》いたところでは、浩一郎に聞かされた兼子の病気というのは、彼女が女中を置いて少しでも楽をしたいための、夫に対する彼女の嘘《うそ》であった。

兼子の関心は夫にも、金儲けにも、家事や子供の世話などにも、また子供たちの将来のことにも向けられてはいなかった。彼女の思考内容は、まとまりがない上、楽をしたいという以外には確固とした生活の目標もなく、いわばそれは動物的な感情だけで生活を続けて行こうとする、女性的な、あまりにも女性的な「思考感情」、いや、それ以前の精神的混沌《こんとん》、つまりヘニーデの段階から一歩も出てはいなかったのである。女性的といっても、その意識からは、疲労と慣れによって肝心の母性本能がすり減ってしまっていた。兼子自身、他の家庭の主婦と比べて自分がルーズであるということを全く自覚していないわけではなかったが、それも自分の性格を「楽天的」なのであると思いこみ、人にもそう語ることによって自分を許していた。

浩一郎が役所へ登記に行くとかで出かけたあと、兼子が店番に立った。七瀬はその間にこの家を徹底的に掃除し、異臭の源をすべて断ってやろうと決心した。

部屋数は多く、高校生以上の子供は大きな部屋をふたつに区切ったり押入れを改造したりしてみんなひと部屋ずつをあてがわれていた。

どの部屋も汚なく、高校三年の長女の部屋を除いて、ここ一カ月は掃除らしい掃除もしていないのではないかと思えるほどの不潔さだった。机の下は必ず綿埃の山であり、シーツや毛布はたいていしみだらけ、そして枕《まくら》カバーは油で黒光りがしていた。

次男のベッドが特にひどく、マットレスの下には男性週刊誌から切り取ったらしい数十枚のカラー・ヌード写真と、あきらかに体液をそれで拭《ぬぐ》ったらしく、糊づけしたように固くなった下着がくしゃくしゃに丸めてつっこんであった。男性のさまざまな精の排出現象を知っている七瀬は思わず身をふるわせたが、それが激しく異臭を放っている以上、そのままにしてはおけなかった。

高校生たちの部屋からも、これに類するものは発見できた。七瀬はすべてをひとまとめにし、大きな紙袋へ押し込んでから屑用《くずよう》のポリバケツに投げこみ、何度も何度も石鹼《せっけん》で手を洗った。

中学生の四男の机の下からは、弁当箱が出てきた。だいぶ以前から置きっぱなしにされていたらしく、おそるおそる蓋《ふた》をとってみると、高さ二、三センチにもなる青紫色のカビが一面に生えていた。

洗濯機はずっと動きっぱなしだったが、今朝子供たちの脱ぎ捨てていった四杯分の下着やワイシャツを洗い終えても、まだシーツや枕カバーが残っていた。七瀬は働き続けた。

掃除は終った。だが異臭は消えなかった。家全体に臭いが深く滲《し》みこんでいるらしく、あとは壁や柱や天井板などを直接洗うほかないと思えた。七瀬は嘆息した。頭痛が慢性になりかけていた。この頭痛がおさまった時には、わたしもこの臭いを感じなくなっているに違いない、と、七瀬は思った。

頭痛を忘れるためもあって、何も考えないようにしながらただあたふたと働き続けているうち、小さい子供たちが次つぎと帰ってきた。彼らは見違えるほど綺麗《きれい》になった自分たちの部屋を、眼を丸くして眺めた。

「わあ。誰がやったの」

それはあきらかに讃嘆《さんたん》の声だったが、彼らの意識に幾分かの非難の色が含まれていることをすばやく読みとり、七瀬は、おや、と思った。どういう種類の非難なのか、はっきりした観念やイメージを持たぬ子供の意識だから、よくはわからなかったが、七瀬は少し警戒心を強めた。大きい子供たちが戻ってきて自分たちの部屋の汚物がなくなっているのに気づいたら、どういう反応を示すだろうか、と、そう思い、しぜん彼女は、彼らの帰宅を身構えて待ちはじめていた。

「ああ。ぼくの部屋掃除したの、君かい」

夕方、案の定大学生の次男が台所へやってきて、さり気なく七瀬に訊《たず》ねた。七瀬がうなずくと、彼はその心中の敵意とはうらはらにふたたび陽気さを稚拙に装《よそお》って歪《ゆが》んだ笑いを作った。

「そう。そりゃ、ありがとう」

それは明らかに敵意だった。

(よけいなことしやがって)(こいつ、あれを何だと思ったろう)(同じ場所にヌード写真があったから、ある程度は想像がついたんじゃないかな)(十八歳というから、まだ男の自慰のことなんか知らないだろう)(気にしなくていいや)(それとも、知っているだろうか)(いやな奴《やつ》)(闖入者《ちんにゅうしゃ》)

そう、あきらかに彼にとって七瀬は、安息の場所をかきまわしにやってきた闖入者だったのである。

会社員の長男や高校生たちは、掃除したのが誰かを特に訊ねようとはしなかったが、やはり七瀬に対する敵意をひっそりと抱きはじめていた。昨夜は彼らの意識のどこにも見あたらなかったその敵意の中には、自分たちのうす汚ない秘密を見られたための負い目、清潔さや潔癖さに対する、つまりは七瀬に対する劣等感もはっきり読みとれた。そして長男は心の中で彼女のことを、いみじくも(覗き屋)と名づけていたのである。

彼らのその秘められた敵意は、家族が揃《そろ》って夕餉《ゆうげ》の食卓を囲んだ時、頂点に達した。精神感応力を持たぬ第三者が眺めた時、それはおそらく「健全」につながる子沢山な家庭の団欒と見えたであろうし、仮にそれがうわべだけの団欒であると気づいたにしても、少なくとも昨夜の夕餉に比べ、いつもの夕餉に比べれば、どこといって特に変ったところのない光景として眼に映じたであろう。しかし七瀬にとって、神波一族の、今や一種の集合意識ともいえるそれは、あきらかに大きく変化していた。と、いうよりは、彼らの前意識的なものが、七瀬によって明るみにさらけ出されたといった方がよい。

彼らは自分たち家族の不潔さに気がついたのだ。なれあい的な家族意識、生理を同じゅうする者同士の連帯感によって、澱《おり》の如《ごと》く沈潜させられていた彼らひとりひとりの、なま暖かく住み心地のよい異臭に包まれた不潔さが、今や意識の表面におどり出てきて牙《きば》をむき出しはじめ、それを告発した具体的なものこそ、(昨日やってきたばかりの十八歳のお手伝い)だったのである。

小さな子供たちも、食卓を支配している異様な静寂に影響を受け、とまどいながらも日常の行動規準を崩すまいと努力していた。

「今日はナナちゃんがお掃除してくれたので家の中がほんとに綺麗になって」

兼子が無理やりそんなお愛想を咽喉《のど》から押し出した時、次男を含めた数人がぴくりと身を凝固させて一瞬箸《はし》の動きをとめ、浩一郎が「ほんとだなあ」とあい槌《づち》を打って以後、沈黙は決定的になった。

茶の間が、七瀬への悪意でいっぱいになった。

(自分だけが清潔だという優越感を持っていやがる)(ヌード写真だけは、そのまま置いときやがった)(いや味だ)

(おれたちに劣等感を持たせようという腹なんだ)(強姦《ごうかん》してやろうか)(そうすればおれたちと同じになっちまうぞ)

やがてその悪意は反動的に、不潔な自分、そして自分をこんなにも不潔にした、より不潔な自分の家族へと向けられはじめた。

(おふくろがずぼらだからいけないんだ)(親父《おやじ》がおふくろを甘やかし過ぎたんだ)

七瀬は、今まで彼らの意識の表面には出ることのなかった、家族に対する憎悪《ぞうお》までを噴き出させてしまったのである。

(おれは不潔だ)(この女中からは、おれがブタに見えるだろうな)(おれはブタ

だ）

そして彼らはまるで言いあわせたかのように、いっせいに、自分たちが今までやってきた、ありとあらゆる不潔な行為の記憶を、なまなましく呼び醒《さ》ましはじめたのである。

兼子だけは自分のずぼらさを自覚せず、子供たちの不潔さが七瀬に知られたことだけを気に病んでいた。よそへ行って「あの家は汚ない」といわれることだけを恐れていた。そして彼女は次に、自分が子供たちのうす汚ない生理や汚物を発見した際の、過去のあらゆる記憶を呼び醒ましはじめたのである。なんといっても、子供たちひとりひとりの不潔さをいちばんよく知っていたのは兼子だった。

七瀬は、兼子の意識野に拡《ひろ》がりはじめた事物のあまりの不潔さに、絶叫しそうになった。あわてて掛け金をおろそうとした。だが、できなかった。それは呪縛《じゅばく》だった。

今や神波一族の意識の中にあった澱みが攪拌《かくはん》されて渦となり、七瀬をその中に巻きこもうとしていた。浩一郎、兼子、そして子供たち、家族全員の心に浮ぶイメージ、汚物をちりばめたその心象風景、生理の滓《おり》に満たされた記憶が、今、異臭をさらに強く放ちながら七瀬ひとりに襲いかかってきつつあった。

(そうだ)(おれは以前に、もっと不潔なことをした)(あれを発見されなくて、よかった)(こいつ、おれの抽出《ひきだ》しの中を見ただろうか)(そういえば以前、あんな汚ないことをした)(あんな汚ないこともした)(そういえば)(そういえば)

そのひとつひとつを眺めてさえ、ふるふると身の毛がよだつ、排泄物《はいせつぶつ》や体液にまみれた汚ない事例が、いっせいに七瀬の意識へなだれこみ、しかも彼女の中でせめぎあった。

もう、耐えられなかった。

七瀬は立ちあがり、ゆっくり廊下に出た。

廊下へ出てから、彼女は顔色を変えて走った。便所へとびこみ、吐いた。いつまでも、いつまでも、胃がとび出すのではないかと思うまで吐き続けた。

「そうか。やっぱりなあ」

七瀬がいとま乞《ご》いをした時、浩一郎は一瞬うろたえ、世間体、給料、その他のいろんな事柄をごっちゃに考えめぐらしながら、視線を宙にさまよわせ、嘆息した。

(不潔さが我慢できなかったんだろう。そうに違いない。この娘、あの時便所で吐いたりしていたからなあ)

浩一郎もやはり、兼子同様、七瀬によって神波家の不潔さがよそに洩《も》れることを心配していた。「あの家の台所は汚ない」といわれることが、ひとつの家庭にとって、特に嫁入り前の娘を持つ家庭にとって、いかに致命的であるかを、浩一郎は常識としてよく承知していた。ただ、自分の家庭がそれほど不潔であるとは、七瀬がやってくるまで気がつかなかったのである。

七瀬が自分の口から暇を求める理由を喋らない以上、そしてその理由をしつこく訊ねることができない以上浩一郎はそれを自分の方から言い出すほかなかった。あぶら汗を流しながら、浩一郎は巧妙に「すり替え」をはじめた。

「無理もないな。十三人家族だもんなあ。たいていの子なら、そう聞いただけで逃げ出すだろうからなあ。ま、あんたはとにかく、やれるところまでやってくれたんだし、実際よくやってくれた。短い間だったけど、ほんとによくやってくれたよ」

今や気さくさなどどこかへけしとんでしまい、世間体のことしか頭にない浩一郎は、哀願するような口調で、意味のないことをくどくどと、いつまでもいつまでも喋り続けていた。

青春讃歌《さんか》

七瀬が河原家で働きはじめてからすでに二週間経《た》つ。

だが、未《いま》だに家族との、世間的な意味での「心の交流」といったようなものは、まったくなかった。会話らしい会話さえ交わしたことがなく、あるのは高飛車な命令だけで、七瀬は命じられた家事をただ事務的に果し続けているだけだった。むろんその方が、七瀬にとっては気が楽だったわけだが。

家族といっても河原家は、主人の寿郎と主婦の陽子のふたりだけである。

「心の交流」らしいものがないとはいえ、七瀬はこの陽子の性格や考えかたから、たった二週間で大きな影響を受けた。陽子は強烈な個性の持ち主だった。今まで七瀬が住込みで家事を手伝ってきた数軒のどの家庭のどの主婦も、彼女ほど強烈な個性を持ってはいなかった。

最初七瀬は、「影響を受けた」とは思わず、陽子の自我の強さに圧倒されてただ一時的に衝撃を受けているだけだと考えていた。しかし二週間経ったある日、ふと自分の考えかたの過程を顧みた時七瀬は、そこにはっきりと陽子特有の思考パターンを発見したのである。

一方交通だったのは、あの高飛車な命令だけではなかったのだ。

その日も昼過ぎ頃、無駄なことばのひとつもない陽子の命令が、小柄な七瀬の頭上にとんだ。「今日は旦那《だんな》、七時にお帰りの筈《はず》なの。それまでに夕ご飯だけ作っといて頂戴《ちょうだい》。焼いたお肉と野菜いためでいいわ。わたしのは要らないから。それから旦那の冬服、茶色のやつを出してアイロンかけといて。わたしは九時に帰ってくるから、旦那が聞いたらそう言ってね。聞いたらでいいのよ」

ことばは乱暴だが、若造りで背の高い陽子にはそうした喋《しゃべ》りかたがぴったりだったし、むしろそのためにこそ逆に女らしくも感じられた。

しかし陽子への興味のため開けはなしたままの七瀬の心へ、間断なくなだれこんでくる陽子の思考プロセスは、非常に論理的で、むしろ男性的ともいえた。

陽子の方には、七瀬への興味などまったくなかった。七瀬に用を言いつけている彼女の意識野の中には、命じるべき事柄、効率のよい喋りかた、七瀬という名の十八歳のお手伝いに対する効果的な用の命じかたといったものが化学構造式の如《ごと》く常に緊密に結びついていて、しかもそれは刻刻と形を変え続けた。プリズムのような、その思考の屈折と分散のみごとさには、あちこちで頭脳のすぐれた人間の意識と数多く接してきている七瀬でさえ舌を巻く思いがするのだった。

影響を受けた以上、七瀬が陽子の意識を感応しやすくなったのは当然である。しかも陽子の精神力は女性とは思えないほど強い。七瀬は次第に、遠距離にいる陽子の心まで読み取れるようになった。

強い精神力を持った人間と、弱い精神力しか発散させていない人間が存在することに七瀬が気づいたのは、彼女が自分の読心能力を知ってから数年ののち、七瀬が十歳になったばかりの頃である。それを発見したきっかけは、彼女が他人の心を覗《のぞ》こうとして「掛け金をはずした」時、特に強く働きかけてくる意識がいくつかあったためである。

むろんそれは、その人間の精神構造が特別七瀬と似通っていた場合、例えば肉親であった場合とか、あるいはまたその人間が強く意志や情念を発散させていた場合、例えば激しい嫉妬《しっと》、愛情、欲望などを抱いていた場合などが多かったが、にもかかわらず、常に精神力を強く周囲に放ち続けている人間は、少数ながらたしかに存在した。たとえば河原陽子がそうであった。

陽子が象牙色《ぞうげいろ》をしたスポーツ・カーで外出したあと、七瀬は洋服箪笥《だんす》の上から寿郎の背広の箱をおろし、誂《あつら》えてから三年は経っていると思えるその冬服にアイロンをかけた。一流大学を卒業して役所でもエリート・コースを歩んでいる寿郎は、決して身装《みなり》に構わぬ方ではなかったが、なぜか衣裳《いしょう》持ちではなくて、たとえばここ二、三年の間にも夏服を一着誂えただけである。七瀬にはそれが、浪費癖のある陽子への当てつけではないかと思えた。

河原家は新興都市のはずれの分譲住宅地にある中クラスの洋風家屋で、家の近くには都心部や他の中小都市に通じる高速道路のインターチェンジがあった。陽子はいつも彼女のスポーツ・カーをこのハイウェイに乗りいれるのである。そして七瀬はいつも、ハイウェイを都心部の方向へ急速に遠ざかって行く陽子の意識を心で追うのだった。

「今日はどこまで追えるかしら」

手は機械的にアイロンを動かしながら、その日も七瀬は陽子を追った。それは七瀬が、自分では、自分の能力の限界を試すためなどと言いわけしているものの、やはり魅力的な陽子の意識をいつまでも観察し続けていたいためであったろう。むろん陽子がどこへ行き誰に会おうとしているか、そんなことは彼女が家を出る前から七瀬にはわかっている。陽子は都心で買物をするついでに、彼女の若い男友達《ボーイ・フレンド》に会おうとしているのだ。あるいはそれは、男友達《ボーイ・フレンド》に会うついでに買物をしようとしているのかもしれなかったが、陽子の意識の中ではそのふたつの行為に対する志向が複雑にからみあっていて、いったいどちらに重要性の比重が傾いているのか、七瀬にはとても判断できなかったのである。そのあたりの屈折した心理こそ、七瀬が陽子の意識に最も魅力を感じる点だった。その陽子の意識は、今も屈折し続けながら次第に七瀬から遠ざかりつつあった。

（『ボーグ』『ヤング・パイロット』『マッケンジー』。どの店にいい品物が入っているだろう。以前は『ボーグ』でいいスーツを見つけたから、今日も行ってみよう。

あとの二軒は『ボーグ』に何もなかった場合にだけ行くことにしよう。これは決定)

陽子独特の確定印のパターンとともに、それは彼女の意志となって心に刻み込まれる。

(そうすると、修クン《大学四年生・頭脳明晳《めいせき》・スポーツマン・感情鋭敏・内気・人の言いなり・意志薄弱》とデイトする場所を『ボーグ』の近くで選ぶ方が)

不思議なことに精神感応力《テレパシー》は、相手と自分との間にある遮蔽物《しゃへいぶつ》にはまったく関係がなくて、たとえ相手との間に何枚の壁があろうと、また相手が乗用車のような一種の密室内にいようと、その感応力は遮る物体が何ひとつない場合と変らないのである。ただ関係があるのは距離だけだった。

ハイウェイに入ってから約八キロの地点で陽子からの感応力は急に弱まり、あとはとぎれとぎれにしか七瀬の心には届かなくなってしまった。

(『菅沼《すがぬま》インペリアル・ホテル』『西黒峰ヴィラ』)

(どちらが)

(ひと目につかないという点では)

陽子の思考が七瀬の心から消えた。

七瀬は溜息《ためいき》をついた。なぜ溜息をついたのか自分でもよくわからなかった。

「でも、いいわ」溜息の原因をすりかえるようなうしろめたさを感じながら、七瀬はひとりごちた。「おといは、五キロのところで消えちゃったんだから」

事実、人妻の浮気の心理そのものは、七瀬にとってさほど珍しいものではなかったのである。

陽子のいった通り寿郎はきっかり七時に帰宅した。もっとも寿郎は他に用がない限り、テレビのニュースを見るため必ず七時に帰ってくるのである。

テレビを見ながら夕食を終えた寿郎は、やっと陽子が家の中にいないらしいということに気がついた。だが、どこへ行ったかを七瀬に訊《たず》ねたりはしなかった。彼もまた七瀬を、十八歳の小娘という理由で無視していた。

(ふん。また若い男と遊び歩いているな。困ったものだ。三十七歳にもなって。いや。三十八歳だったかな)

だが寿郎が困っているのは、自分が妻の浮気に嫉妬して家庭が不和になることをおそれるからではなく、また彼女の浪費癖に対して経済的不安を感じるためでもなかった。彼が困っているのは、彼女の浮気が役所の同僚や上役に知られる可能性があるからに過ぎなかった。

七瀬は彼の心を覗いて、最初はごく単純に寿郎を冷たい男だと思い、陽子が遊び歩くのも彼のこの冷たさが原因なのだろうと思っていた。ところが今では、事実はもっと複雑なのかもしれないと思いはじめていた。

この夫婦には、他のどんな夫婦にも見られなかった、徹底した個人主義がある、と、七瀬は今ではそう感じていた。それまで七瀬は個人主義とか互いの個性の尊重とかいったものは、平均的なたいていのインテリ夫婦が、うわべの平和を保つためと、自分を納得させるためにもてあそぶことばに過ぎないと思っていたのである。

食後の果物やコーヒーをゆっくり味わいながらさらにテレビの画面を見つめ続ける寿郎の意識には、ともすれば番組内容には関係のない妻の陽子に向けられた批判が断続的に浮びあがった。七瀬は食卓のあと片付けをしながら、寿郎の心を興味深くうかがった。自分以外の人間が陽子をどのように評価しているかという興味のためである。

陽子の場合、その論理的な思考はすべて彼女自身の行動と密接に結びついている。

だが寿郎の思考は、同じく論理的であってもいわば非常に文学者的で、ほとんど良識的、観念的な他への批判に終始していた。七瀬が寿郎にどうしても好意を持てないのはそのためだった。

七瀬は、何もしない人間が行動的な人間を批判していると、いつも少し腹が立つのである。それは七瀬にとって、老人の意識、敗者の意識だからであった。たとえ相手が浮気などの、世俗的には決して褒められたことではないとされている行為をしている場合でも、若さを失った人間がそれを批判することは許せない気がした。

(あいつもそろそろ、年齢《とし》相応に振舞えばいいのに)

(若い娘の真似《まね》をして遊び歩く中年の女が、どれだけ不恰好《ぶかっこう》に見えるか、あいつにはわからないのだろうか)

(あれだけ頭のいい女でありながら、自分のこととなると何も気がつかなくなるらしい)

(やはり女だな)

今夜こそ、寿郎に何かいってやろう、と、七瀬は思った。行動することでせいいっぱい人生を味わおうとしている陽子に共感を覚えている七瀬は、寿郎の批判に対し彼女を弁護したい気持でいっぱいになっていたからである。

自分が陽子を弁護した場合、どういう結果になるか、七瀬は考えようとしなかった。むしろ表面的に夫婦仲が悪くなっても、それでいいではないかとさえ思った。心の中だけで他人を批判して自分を納得させている寿郎が我慢ならなかったのである。

あとで陽子から叱《しか》られることになるかもしれなかったが、七瀬は、寿郎が何も訊ねていないにかかわらず、時計が八時を打ったのをきっかけに、今やっと思い出したという態《てい》を装《よそお》っていった。

「そうそう。奥様は九時に戻るっておっしゃってました」

「ふん。九時か」寿郎は一瞬、鼻の先で笑うような表情をした。（どうせ例の若造りで出かけたのだろう）

「奥様って、とてもお綺麗《きれい》ですわね」間髪をいれず、七瀬はそういった。「それに、お若くって」

素敵なマダムにあこがれる無邪気な小娘の役をいかにもそれらしくけんめいに演じたのだが、寿郎は早くも七瀬の気持を見透かしたようであった。

(おやおや。奥方様の味方か)彼はゆっくりと顔をあげ、七瀬を見つめた。(そういえばあいつのしていることは、むしろ十八歳のこの娘にこそ似つかわしい)

今、はじめて寿郎は、七瀬を女として眺めていた。女として眺められてはじめて七瀬はその時まで寿郎の関心が自分のような若い娘にはまったく向けられることがなかったらしいことを知った。

(痩《や》せているな)寿郎は七瀬を観察しながらそう思っていた。(がりがりだ。魅力がないではないか。最近の若い娘はみんなこのタイプだ。しかもそれがあたかも魅力的であるが如く宣伝されている。ファッション・モデルも、みんなこのタイプだ。だから、このタイプにぴったりしたスタイルの服ばかりが流行している。あいつも無理してそんな服を着ている。つまらん。どうして中年の女性が、成熟した豊満な肉体を誇らないのか。青臭い、未成熟の小娘スタイルがどうしてそんなにいいのか)

寿郎の心に、ふくよかなからだつきをした美女たち、特にレンブラントやルノワールなどが好んで描いたタイプの、あの母性的な女性像がいくつか浮んでは消えた。(そうだ。ああいった芸術家たちだって、小柄でがりがりに痩せたタイプの小娘に

興味を持ったことなど一度もなかった筈だぞ）

七瀬は寿郎の抱いている強烈なエディプス・コンプレックスに気がついた。

「君があいつを綺麗だと思う気持も、わからんことはないが」寿郎はやがて顔をふたたびテレビに向け、ゆっくりといった。「あれは中年の女性の美しさじゃない」

言ってしまってから寿郎はすぐ、こんな小娘を相手にむきになっている自分を、苦笑しながら批判しはじめていた。

「書斎の方へ茶を持ってきてくれ」いく分、気はずかしげにそう言い、寿郎は立ちあがった。

七瀬があとから書斎へ茶を持っていくと、寿郎は机上に拡《ひろ》げた管理職向きのハウ・ツーものに眼を落したまま、あいかわらず中年女の美についてしつこく考え続けていた。

（あの既製服というのがいかん。すべてティーン・エイジャーのウエストで測られたものばかりだ。ところがあいつは、服を誂えたりすることは年寄りくさいことだと思っているから、胴を締めつけてでもああいうものを着ようとして買いあさっている。そこで尚《なお》さら不恰好になるのだ）

寿郎のそういった論理的思考の裏には、彼が最近受けた屈辱の記憶があった。デパートへ夏のズボンを買いに行き、どれもこれも若者向きの胴まわりの細いものばかりなので困っている寿郎を見た若い店員が、さげすむように笑ったのである。(経済的にゆとりのある落ちついた中年の男女が、なぜ渋い風格や豊かな女らしさを犠牲にしてまで、若者向きに作られた既製品を買いあさる必要があるのか。それは若さへの従属だ。そうではないか。服を誂えることによってはじめて、成熟した人間は画一的なヤング・モードの流行から自由になって、自己の完成された個性を主張することができるのではないか)

寿郎が内心の理屈をくり返せばくり返すほど、七瀬にはそれが青春を失いつつある人間のけんめいの開きなおりと思えるのだった。事実服飾にさほど関心のない寿郎が、それほど「中年にふさわしい服装」にこだわる裏には、陽子に対する批判の裏づけといった理由以外の潜在意識が何らかの形で働いている筈《はず》だった。七瀬は寿郎の論理の断片が充満した書斎から暗い廊下に出て、大っぴらに苦笑した。

茶の間に戻ってしばらくテレビを眺めていると、部屋の隅の電話が鳴った。

「はい。河原です」

「ああ、ナナちゃん。わたし」陽子の声である。

柱時計は九時きっかりをさしていた。

「事故を起しちゃったの」と陽子はいった。

「まあ」七瀬は息をのんだ。

電話では、相手の心を読むことができない。

「でも、たいした事故じゃないの。帰るのが少し遅くなりますから、旦那《だんな》にそう言っといて頂戴《ちょうだい》」口調はいつもと同じく、しっかりしていた。

「あの、お怪我《けが》は」

「わたしは大丈夫。それじゃね」電話が切れた。

「わたしは大丈夫」という陽子のことばから判断して、きっと誰かが怪我したに違いないと思い、七瀬はいつになくうろたえた。陽子はA級ライセンスを持っていて、車で事故を起したことは今まで一度もなかった筈である。不可抗力による事故だろうか。それとも陽子が、事故を起しやすい心理状態にあったためだろうか。

「そうじゃないわ」

七瀬は強く否定した。

滅多に動揺しない性格の陽子が、運転を誤るほど不安定な精神状態になるような出来事があったなど、七瀬は考えたくもなかった。

書斎へ行き、寿郎に報告すると、彼はいく分眼を丸くして振り返った。

「事故だって」(とうとうやったな。年齢甲斐《としがい》もなくスポーツ・カーなどをぶっとばすからだ。やるのが当然だったのだ)

「でも、あの、たいしたことはないとおっしゃってましたから」

「そうか」寿郎はうなずいた。「それならきっと、実際に、たいしたことはなかったんだろう」

内容に掛け値がないという点で寿郎は陽子のことばを普段から信じていたが、この場合彼はそう呟《つぶや》くことによって、けんめいに自分を安心させようとしているようだった。そして寿郎はまた陽子の批判者であることによって陽子を愛しているというおかしな心理を、七瀬の前にはじめて露呈したのである。

ながい間、寿郎と七瀬は互いの顔を眺めながら茫然《ぼうぜん》としていた。

寿郎は、陽子が帰ってきた時、いたわってやろうか叱ってやろうかと思案していた。寿郎の性格からすれば、いつもなら、たとえ内心でいかに陽子を批判していようと、いざ陽子が帰ってくれば当然いたわることになるであろうが、今夜だけはどうやら叱る方に傾きそうな塩梅《あんばい》だった。その原因は自分の挑発にある、と、七瀬は思った。

「わたし、茶の間で起きて待ってますから」七瀬はそういって書斎のドアを閉めた。

寿郎は七瀬のことばも耳に入らぬ様子で、陽子を叱ることばを捜しながらあいかわらずぼんやりしていた。

十時過ぎになってやっと、七瀬の心に、ハイウェイをこちらへ近づいてくる陽子の意識が流れこんできた。その意識の流れはいつになく混乱していて、何が起ったのかをすばやく読みとることは困難だった。あきらかに陽子は疲れていて、しかもいいいい、ご機嫌ななめだったのである。

困ったことになった、と、七瀬は思った。

あの気位の高い陽子が不機嫌な時に、寿郎がわけ知り顔で叱りつけたりすれば、彼女はきっと癇癪《かんしゃく》を起すだろう、と、そう考えたためであった。しかもますます明瞭《めいりょう》になってくる陽子の意識を観察して、彼女の不機嫌の理由が次第にわかってくるにつれ、七瀬はいても立ってもいられなくなってしまった。

陽子は、優柔不断で意志薄弱であると彼女が思っていたあの修クンという男友達《ボーイ・フレンド》に待ちぼうけを食わされていた。しかも『ボーグ』では、彼女のからだに合った既製服が見つからなかったのである。そして、ひとりで映画を見て、その映画のつまらなさに腹を立てて戻る途中、横の歩道からだしぬけに車道へとび出してきた酔っぱらいに車のヘッド・ライトをあてたのだ。スピードを出してはいなかったため、酔っぱらいにたいした怪我はなかったらしいが、それでも陽子は近くの交番までつれて行かれ、さんざいやな目にあっていた。

「まあ、可哀相《かわいそう》に」自尊心の高い陽子にとって、なんとむごい一日であったことかと思い七瀬は、溜息《ためいき》まじりにそう呟いた。

帰宅した陽子は疲れきっていて、見違えるほど蒼《あお》い顔をしていた。

「そら見ろ。自分では若い連中と同じように運転していると思っていても、反射神経が鈍くなっているんだ。だから人をはねたりするんだ」茶の間に出てきて陽子から事情を聞いた寿郎が、七瀬にも聞かせようとする潜在的な意図をひめて、さっそく叱言《こごと》をはじめた。

「相手は酔っぱらいだったのよ」陽子は面倒臭そうに答えた。「あっちが悪いの。

でなかったら、こんなに早く帰ってこれるもんですか」

だが陽子は、そう言いながらも寿郎のことばにショックを受けた様子だった。

（ほんとにわたし、年齢のために運転能力が低下したのかしら。そういえば以前だったら、あの程度の距離があれば、充分避けられた筈なんだけど）

だが彼女はすぐ、自分の考えを否定した。

（違うわ。今日は特別いらいらしていたからよ）

そんな陽子の心理など知る筈のない寿郎は、まだしつこく叱言を続けていた。

「若者向きのスポーツ・カーを運転することが、若返ることだと思ってるのか。大変なまちがいだぞ。しかも君は女じゃないか。年齢をとれば女の運転技術は、男の場合よりもずっと早く低下するんだ。そりゃあ確かに、事故率は若者が最も高いだろうが、彼らの場合はスピード違反による事故だ。中年の連中の起す事故は、あきらかに反射神経の鈍さからくる事故だ。若者の場合は、あれは成人じゃないから無責任だ。君は中年の女性として、社会的責任感を持たなきゃいかんよ」

もう、やめてあげればいいのにと思い、七瀬はひとりで気を揉《も》んだ。陽子が反撥《はんぱつ》してくれればよいとさえ思った。だが今夜の陽子はそんな気力さえ失っているのである。そこで寿郎の叱言は必然的に、いつまでもだらだらと続いた。

「もう、寝かせて。疲れてるの」ついに陽子はそういった。

陽子がそんな弱音を吐くなど、七瀬には信じられなかったが、それは陽子の本心からのことばだった。彼女は沈みこんだまま、夫の気持を推しはかろうとしていた。

(どうしてこの人、こんなに若さを気にするのかしら。自分がわたしのように、若さを好きじゃないからかしら。それともわたしが若わかしいことに嫉妬《しっと》しているのかしら)

「じゃあ、寝なさい」さすがに寿郎はそういった。「だが、もうスポーツ・カーはやめなさい」

陽子は、寿郎には似つかわしくないその口調に少し驚いたようだった。

「それは、命令なの」

寿郎は普段の気の弱さを一瞬とり戻して、僅《わず》かにどぎまぎした。だが、すぐに虚勢をはって答えた。「うん。命令だよ」

その夜七瀬は、陽子の寝室の方から絶えず発散されてくる、彼女の強化された自我の意識に悩まされ続けた。陽子は自分の受けた傷を癒《いや》そうとして、その強い自我をさらに強めようとしていた。もう若くはないと言われたこと、年齢をとったと指摘されたことは、陽子の自我にとって深い精神的外傷《トラウマ》だった。なぜなら彼女の自我は、彼女自身の若さと密接に結びついていたからである。青春時代、彼女は世界の中心であり、彼女こそ青春そのものだった。つまり彼女にとって青春は、華麗な舞台の主役であり、中年はその引き立て役に過ぎなかったのである。だから中年になった自分を認めることは、陽子にとって、自我を捨てることでもあったのだ。

(わたしは、修クンから無視されたのだろうか)

(青春は、わたしのものではなくなったのだろうか)

(もう、わたしの時代ではなくなったのだろうか)

(わたしはこれから、端役《はやく》を演じなければいけないのだろうか) 身ぶるいと、はげしい否定。(もしそうなら、死んだ方がましだ)

陽子はなかなか眠れぬ様子だった。だから七瀬も、なかなか眠れなかった。掛け金をおろして心から陽子の意識を遮断することもできなかった。その意識は強いテンションを伴っていて、七瀬に眼をそむけることを許さなかったのである。

翌朝、寿郎が出勤して二時間後に、陽子は起きてきた。

「コーヒーを頂戴」

ダイニング・キチンのテーブルに向って腰をおろした彼女の心を七瀬がそっと覗《のぞ》きこむと、陽子は自分の顔いっぱいに拡がった疲労の色を朝の三面鏡の中に発見して、また、はげしい衝撃を受けていた。その三面鏡の中にいた陽子の分身の寝不足の顔は、今やはっきり、青春にすがりつこうとする醜い意図を持った浅ましい女の顔であり、疲れた皮膚、たるんだ頰が代表する三十八歳という女の年齢は今や牙《きば》をむき出して主《あるじ》に挑みかかりつつあった。

彼女をこんなひどい状態に追い込んだのは寿郎である、と、七瀬は思った。なぜなら陽子はそれまで、彼女自身の強い自我と回転の早い頭脳によって、中年ということをまったく意識していなかったのだから。だから彼女にそれを思い出させた寿郎が悪いのだ。

だが一方では、そうではないというさらに内側にある理性の声もかすかに聞えた。正しいのが寿郎であるというその声を、しかし七瀬はなぜか聞きたくなかった。あるいはそれは同じ女性としての共感から、たとえその行動が倫理的でなくとも、とにかく青春に固執しようとする陽子を、ただそれだけの理由で弁護したかったからかもしれない。青春から遠ざかるまいとすることのどこが悪いのか。死を恐れる人間の、本能ではないだろうか。

ふと七瀬は、自分の顔を見つめる陽子の眼が異様に輝いていることに気づいた。陽子は七瀬の、うぶ毛を朝陽に光らせた白桃色の肌を食いいる程に眺めながら、心の中の尖《とが》った爪《つめ》でその肌をベリベリとひっぺがし、自分の顔に貼《は》りつけようとしていた。

(この子の皮膚がほしい。この子の年齢がほしい。この子の無経験、この子の頼りなさ、この子の健康な鈍重さがほしい)

無経験、鈍重さという評価はある意味で違っていたが、七瀬は陽子の奇怪な幻想にぞっとするほどのなまなましさを感じ、そ知らぬふりをすることが耐え難くなってきた。

さいわい、陽子の思考の対象はすぐ「修クン」に移った。

(ほんとに、わたしを無視したのだろうか。電話をしてみようか。今なら家にいる筈だから)

よして、と、七瀬は叫びたかった。歳下《としした》の男に捨てられた陽子が、その男に電話をし、媚《こ》びるような声で恨みごとをいいながら自分への愛情を確かめようとするところを傍《そば》で眺めていることなど、七瀬にはとてもできそうになかった。だが陽子は、茶の間へ行って受話器をとり、ダイヤルをまわしはじめた。その陽子の心に、媚びたり、恨みごとをいったりする気持がまったくないことを知り、七瀬はやや安心した。心配なのは「修クン」の反応だった。陽子は彼を、叱《しか》りつけようとしていたのだ。

電話には、すぐに「修クン」が出た。相手の声は、陽子の意識を経て知ることができるのである。

「修クンね。わたしよ」陽子の声はしっかりしていた。

「ああ」とまどっていた。まさか電話をしてくるとは思っていなかったのだろう。

彼も陽子の気位の高さは知っている筈だった。

「昨日、約束を破ったわね」必要以上にきびしさを籠《こ》めて、陽子は難詰《なんきつ》した。

「ごめんよ」彼はすぐにあやまった。たじたじとなっている様子だった。「電話しようかと思ったんだけど、お宅へ電話するのはまずいし」

「弁解はあとで聞くわ」陽子はぴしりと言った。「今日、一時に、昨日会う筈だったところへ行くわ。来て頂戴」

有無を言わせぬ調子に、彼はしばらくたじろいでいたが、やがて会うことを承知した。あきらかにおびえていた。

おびえている男なんかに会ったってしかたないのに、と七瀬は思ったが、陽子も同時にそう思っていた。陽子にとって、彼に会うことは、彼女と彼、二人のためではなく、あくまで彼女自身のためだったのである。傷つけあいになることが予想され、七瀬は不安だった。陽子が昨夜よりもひどい状態になるのではないかと思い、彼女のためにも、自分のためにも、七瀬はそれを恐れた。

陽子は、「修クン」に本音を吐かせるためにはどのような話しかたをすべきかと考え続けながら、外出の支度をはじめた。そして昼過ぎ、何時に戻るともいわず、七瀬に家事を言いつけもせず、スポーツ・カーに乗って家を出た。郊外電車に揺られるのも、タクシーを拾って運転手から不愉快な扱いを受けるのも、どちらも陽子には我慢のならないことだったのだ。

ダイニング・キチンを片づけながら、七瀬はまた陽子の意識を追った。陽子はハイウェイに入るなり車の速度をあげはじめていた。あきらかに、昨夜寿郎から言われたことへの反撥だった。

(わたしは沈黙しない)(自分にあった車がなく、自分のからだにあった既製服がないという理由で沈黙してしまうような、そんな人間じゃない)

危ない、と七瀬は思い、立ちすくんで両手を握りしめた。陽子は追越車線を時速百七十キロのスピードで走り続けていた。いかに車の数が少ないとはいえ、彼女がハイウェイでそんな速度を出したのは、数年前に一度だけである。陽子の視野を感応し、その早さに七瀬は眼がくらんだ。左側の車線のはるか前方を走っていたトラックが、見るみる近づいてくる。

トラックとの距離が十メートルばかりになった時、その時速八十キロほどのトレーラー・トラックが、だしぬけに追越車線に入ってきた。トラックの前に軽自動車がいて、トラックはそれを追い越そうとしたのである。陽子には軽自動車が見えなかったのだ。七瀬は悲鳴をあげた。

たちまち陽子の前にトラックの後部が近づいた。

(いいわ)陽子は唇を嚙《か》みしめていた。(スピード違反による事故は、中年のドライバーとは無縁のものなんだから)(死んでも)(いいわ)

一瞬ののち、陽子の視野は暗黒となり、彼女の意識にパノラマ視現象が起っていた。

そして五秒後、その意識は拡散しはじめた。亀裂《きれつ》が拡《ひろ》がったその彼方《かなた》に、死があった。

七瀬は絶叫した。死を見るのは、はじめてだった。死は、虚無の色をたたえていた。虚無の色は暗黒でもなく、空白ですらなく、要するにそれはただ、虚無の色だった。恐ろしい色であった。あまりの恐ろしさに、七瀬は気が狂うのではないかと思った。誰もいない家の中で、七瀬はキチン・テーブルの横に立ち、両手を握りしめ、眼前の夢魔を追いはらおうとするかのように両腕をはげしく振りあげ振りおろしながら、いつまでも、いつまでも、甲高く絶叫し続けていた。

陽子が死んでから、彼女の葬式を中にはさんで、七瀬が河原家を辞するまでの間、寿郎は、自分に妻の死の責任がなかったことを証明するための理論をけんめいに組み立て続けていた。彼の複雑な心的機構は、陽子の死の原因を彼のあの夜の叱言《こごと》以外に見つけ出そうとすることで、ともすれば意識の表面へとび出そうとする罪悪感を抑圧し、歪曲《わいきょく》し、ねじ伏せようとしていたのである。

(陽子は現代の青春崇拝といういびつな風潮の犠牲になったのだ。若者のための商品、若者のための娯楽、若者のための文化しか認められないこの現代という時代では、中年の価値はひきずりおろされ、中年になった人間は余計者のような気分を味わわされ、若者は歳をとるのをいやがるようになる。さらに青春崇拝の思想は若返りの思想となり、中年の人間はみな若返り思想の虜《とりこ》となる。自らの年齢にふさわしい行動様式や服装を嫌い、たとえそのちぐはぐさを若者から笑われ、軽蔑《けいべつ》されても、無理に若者の真似《まね》をしようとするのだ。陽子は間違っていた。なぜなら中年になることは青春から追放されることではなく、円熟した人間が青春の狂気から解放されることだったのだ。しかしこの青春崇拝の時代のまっただ中にいた彼女は、それに気がつかなかった。この青春中心主義の時代が生み出した車は、中年の乗れないような性能の進歩した車ばかりなのに、陽子はその車を自由にできると錯覚していたのだ。彼女を殺したものは現代、青春崇拝のはびこる気ちがいじみたこの現代という時代なのだ。そうに違いない。そうに違いないのだ。なぜなら、彼女もまたでたらめな若返り法や若返り理論渦巻く現代の宣伝にひっかかり、本人にその気がありさえすればいつまでも青春を失わずにいられると信じて疑わず、自分が中年になることなど夢にも考えない人間のひとりだったからだ。彼女にそれを信じこませたのは青春中心主義のこの狂乱の時代だ。そうなのだ。そうに違いないのだ。だから彼女を殺したものは狂った現代社会なのだ。絶対にそうなのだ。なぜなら）

（なぜなら）

（なぜなら）

水《すい》蜜《みつ》桃《とう》

七瀬が新しく勤めることになった桐生家《きりゅうけ》は戦争前からの住宅地にあった。昔、そのあたり一帯は高級住宅地としてよく知られていたらしい。それぞれの家の生籬《いけがき》や庭の植込みの間からうかがえる出窓やヴェランダなどの造作は、ものものしいほどの凝りようだった。

だが今ではそのほとんどの家が古びてしまい、なんとなく時代からとり残されているような陰鬱《いんうつ》さをたたえていて、新興都市の明るい高級住宅を見なれてきた七瀬の眼にそれらの家は、いずれも手入れされぬままに育った巨木の繁《しげ》みに頭上を覆《おお》われて暗く、貧乏くさくさえ映じた。

桐生家もまた修理の行きとどかぬそうした古い住宅の一軒だった。女中を住み込ませるほどだから決して貧乏ではないのだが、家のあちこちの傷《いた》んだ部分を補修しようという気のまったくない家族たちの投げやりさが、家の内外を見すぼらしく、また汚ならしく見せかけていた。事実、壁や天井は煤《すす》けていて、羽目板はところどころはずれ、どの部屋も暗かった。七瀬にあてがわれた四畳半の女中部屋には窓がひとつもなく、黒ずんだ壁や天井のせいもあって特に暗かった。それは、暗い部屋をあてがわれることに馴《な》れている七瀬でさえ息がつまる思いがするほどの暗さだったのである。

「汚ないなあ、この家」

家族たちはときどき、思い出したように周囲を見まわしてそうつぶやいたが、誰もすすんで修理しようとか大工を呼ぼうとかを言い出しはしなかった。それぞれが、家屋の老朽を防ぐつとめを、自分の役ではないと思いたがり、避けようとしていることは七瀬の眼にあきらかだった。

五十七歳になる桐生家の主人勝美は、一昨年、勤めていた会社を定年でやめたばかりである。鋼管を製作しているその会社のそれまでの六十歳定年制が、なかば抜き打ちのように五十五歳定年制に切り換えられたためだったが、勝美は予想より五年も早くやってきた定年退職という事態にすっかりとまどってしまい、当然、その当時心に受けた衝撃からはまだ立ち直ることができないでいた。というより、七瀬には、定年がもたらした彼の自失状態は、退職当時よりむしろひどくなっているように感じられたのである。

桐生家で働きはじめてまだ二カ月にしかならない七瀬が、勝美の心を覗《のぞ》き見たとき、そこには退職当時勝美がけんめいに作りあげた退職後の目的、のんびりと趣味に生きて残りの人生を送ろうという思惑や成算の無惨《むざん》に砕けた残滓《ざんし》があり、同時に無為の生活から生じる空虚さも認められた。

勝美はまた、そんな自分が、家族たちから疎《うと》んじられていることをよく知っていた。退職したばかりの頃はしきりに彼に気を遣っていた家族たちも、今は何はばかることなく、一日中家の中を用もなくうろうろと歩きまわる勝美を、はっきりと余計者扱いにした。勝美の妻の照子《てるこ》までが、彼を大っぴらにうるさがりはじめていたのである。

「わたしたち夫婦のこと、お父さんったら、盗み見したりするのよ」

嫁の綾子《あやこ》までが、七瀬にそんなことをいった。だが綾子は、七瀬が彼女の心を覗いて判断した限りでは、むしろ勝美が綾子に向ける（べったりとしたいやらしい目つき）のことをこそ訴えたく思っているようだった。

勝美の長男の竜一《りゅういち》は三十歳を越したばかりで、勤め先の造船会社でははや資材課長の椅子《いす》を得ていた。そんな夫を自慢したがる気持が綾子にはあり、そのために殊《こと》さら勝美を軽蔑《けいべつ》したくなるのであろうと七瀬には思えた。事実、綾子の意識内にある勝美のイメージは（敗残者）のそれだった。

「茶をくれないか」

勝美はそういいながら一日に数度、台所へやってきてはキチン・テーブルに向い、腰をおろして七瀬の仕事ぶりをじろじろと眺める。彼のその視線は、七瀬がやってくる前は息子の嫁ひとりに向けられていたらしく、綾子にしてみれば、そういったことが疎ましいからこそ、竜一にせがんで女中を住み込ませることにしたのであろう。

たしかに七瀬にとっても勝美のそうした態度や、綾子のいわゆる（べったりとしたいやらしい目つき）は、勝美の意識内の葛藤《かっとう》や抑圧が手にとるようにわかるだけに、尚《なお》さらおぞましく感じられた。ただ、綾子と一緒にいる時だけは勝美の視線がそちらへ移るため、いくぶん精神的な負担が軽くなるのである。

桐生家では、夕食時になると、始終何かの病気で寝ている照子も奥の間から起きてきて、茶の間には家族全員が揃《そろ》う。たいていはテレビを見ながらの食事だが、たまに誰かが喋《しゃべ》り出せば、話題は決って世帯主である勝美の無為の生活に対する遠まわしの批判、あまり思いやりがあるとはいえない無責任な改革案になってしまうのだった。

桐生家は、主人の勝美と妻の照子、長男の竜一と嫁の綾子、次男で高校三年の忠《ただ》二《じ》、それに四歳になったばかりの孫の彰《あきら》を加えて、ぜんぶで六人の家族である。茶の間は六畳だが、これに七瀬が加わった上、古い大きな箪笥《たんす》などが置かれているため全員が大きな卓袱台《ちゃぶだい》を囲むとたいへん狭く、そのため七瀬は尻《しり》を半分廊下へはみ出させた恰好《かっこう》で給仕しなければならなかった。

「今日、お父さん、ぼくの部屋へ入っただろう」

その夜、テレビが薬のコマーシャル・フィルムを流しはじめてすぐ、あきらかに非難の調子をこめて次男の忠二が勝美にいった。

彼は以前から、自分の留守中に父親が部屋へ入ってきて、抽出《ひきだ》しや状差しなどを点検していることを知っていたが、父の仕業であるというはっきりした証拠がないため、今まで黙っていたのである。だが今日ばかりは、何か言わないではいられなかった。女友達からきた手紙が、あきらかに盗み読まれていたのだ。

(エロ親父《おやじ》め)(他にすることがないもんだから、子供の部屋なんかを嗅《か》ぎまわりやがって)

忠二もまた、五十五歳で馘首《くび》になるのは無能だからであるという理由で父親を軽蔑していた。でっぷりと肥《ふと》り、あぶらぎって精力的な外見をした父親のことを、どう見ても隠居しているとは思えず、したがって失業者であると思っていたのである。

「うむ」

息子の強い口調から判断して、何か証拠を握ったのであろうと想像し、勝美は忠二のことばを否定しなかった。

「何かその、面白い、読むような本が、ないかと思ってな」(なぜ親が部屋へ入ったぐらいのことを咎《とが》めるのだ)(たかが高校生のくせに)(生意気な)

そう思いながらも勝美は、いくら女友達からの手紙を盗み見たうしろめたさがあるとはいえ、心とうらはらに口ではすぐ(十七歳の若僧ごとき)に弁解してしまう自分の弱い立場をなさけなく思っていた。

（くそ。いったいおれは、これでもこの家の主人なのか）

こういう時七瀬は、昼間の彼に対する嫌悪感《けんおかん》を一瞬忘れて、つい勝美に同情してしまうのである。なぜなら七瀬にとって、彼女がいつもこっそりと他人の心を読み取っていることに比べれば、他人の私信を盗み見るなどの勝美の、退屈したあげくの穿鑿癖《せんさくへき》ぐらいは、罪ともいえぬ他愛《たわい》のないことだったからである。

照子は、勝美をかばったものかどうかを考えた末、結局黙っていることに決めた様子だった。かばったりすれば、我の強い忠二の性格から判断してますます激しく父親を糾弾するであろうから、かえって勝美の、家長としての権威の失墜に拍車をかける結果になると考えたのだ。勝美の権威が墜《お》ちれば長男の竜一が、そして特に、それにつれて嫁の綾子が威張り出すことになる筈《はず》であったし、それは照子にとっていちばん我慢のならないことだったのだ。

もっとも、照子にとって勝美の夫としての権威は、とうに失墜していた。彼女はもう数年も前から、病気を理由に彼との夜の営みを拒み続けていた。彼女より二歳若い勝美は、五十七歳になってもまだ肉食獣のような精力を保ち続けていて、今でもしばしば執念深く妻に迫ることがあったが、肉体的にはすっかり枯れ切ったと自分で思いこんでいる照子にとって、彼のそのようなはげしい情欲はますます彼に対する生理的嫌悪感をつのらせるばかりだったのだ。

七瀬の観察では、最近急に老《ふ》けこんで白髪が多くなった照子は、一種の生への執着から勝美の黒ぐろとした頭髪に示されている若さをひどく憎んでいて、それが彼女に、夫婦生活を無視するという形で反抗的な態度をとらせているようであった。定年退職をした身で、いい歳《とし》をして、いまだ性の衝動に振りまわされている夫を嘲《ちよう》笑《しよう》するという消極的な防衛反応によって彼を軽蔑し、死の不安から逃れるため、自分の老化を有益なものと思いこみたいためでもあろう。また彼女が病弱を誇示するのもいわゆる疾病《しつぺい》への逃避、つまりは無意識的な打算のひとつであるにちがいなかった。

「お父さん、よっぽど暇なんだな」忠二はそれ以上の追及をあきらめ、いや味たっぷりにそういうだけですませた。それ以上父親を追及すれば、母親としての立場から照子が、兄としての立場から竜一が、彼をたしなめるにきまっていたからだ。

(再就職すればいいのに)(ながい間課長をやって威張ってきたから、今さら新しい会社へ下《した》っ端《ぱ》として入社するのがいやなんだ)(きっと、威張れないところへ行くのがいやなんだ)(だから家の中で、威張っていたいんだ)(いやなやつ)

忠二の父親批判は、ある程度竜一のそれと似通っていた。ただ竜一は、自分が父親を憎む理由は自分の性格が父親とよく似ているからであることを承知していた。だから現在の父の姿が自分の未来の姿かもしれないと思うと気が滅入《めい》った。もちろん、自分はこうはならないぞという自信もあった。定年で会社をやめても、必ずそれ以後の自分の生き甲斐《がい》を見出《みいだ》してみせる気でいた。しかし、どうやって見出すかは考えていなかったし、それがどんな種類の生き甲斐なのか見当もつかなかった。社会的風潮として定年退職の年齢がだんだん若くなる傾向にあることを悟り、信じている竜一にとって、それはまったくいらいらすることだった。そのため尚さら、父親の現在の状態を見ることが耐え難いほどにつらく、その状態から抜け出せないでいる父を軽蔑し、憎んでしまうのだった。

「お父さん。十分間で、その人のいちばんの適職を捜し出すコンピューターがあるらしいよ。あれにかかって見たらどうかな」竜一はさりげなくそういった。表面的には忠二の追及をそらしているように見える筈だから、比較的すらすらと口にすることができたのである。

（どうせまた、なんとかかんとか難癖をつけるんだろう）（いっそのこと、女でも買いに行きゃいいのに）（息子の嫁に色目を使いやがって）（助平親父め）（あぶらぎって、額をてらてら光らせてやがる）（精力があり余ってるくせに、のうのうとしてやがる）（もっと枯れ切ってるのなら、面倒見てやる気にもなるんだが）

いままで勤めてきたあちこちの家庭で、さまざまな家族の心理を覗いてきている七瀬にとって、近親間の憎悪はさほど珍しいものではなかったが、この竜一の、父親に対する意識内の罵倒《ばとう》だけは、本人が自分にもはねかえってくるものであると悟っているだけに、見ている方でもやりきれなかった。

勝美はテレビ・ドラマに見入っているふりをして、竜一のことばには応じなかったが、心では息子の親切ごかしの無責任な提案をはげしく罵《ののし》っていた。

（機械から、仕事を貰《もら》えだと）（父親に、なんて口のききかただ）（邪魔者扱いしやがって）（そんなに余計者扱いするなら、自分たちがこの家を出て行けばいいじゃないか）（自分の家を持つ才覚もない癖して）（独立できないで親の家にいるくせに）（おれの退職金を狙《ねら》ってやがるんだ）（やるもんか）（全部使ってしまってやる

ぞ）（遊んで使ってやる）

だが勝美には自分が、退職金を使い果すほどの派手な遊びかたなどできるわけがないことを知っていた。遊びかたを知らなかったし遊んでも楽しくないにきまっていた。

七瀬には、勝美の問題の大部分は、勝美の遊び嫌いにあるのではないかと思えた。遊び好きの人間なら、金も使わず、むしろ実益を兼ねた趣味として楽しく遊び暮す方法を考え出せる筈だし、その中に生き甲斐だって見出せる筈だと思った。

だが勝美は、会社へ勤め出してから今までずっと、つまり生涯の大半を遊び嫌いで通してきたのだ。勝美にとっては仕事こそが人間の生活であり、遊びは罪悪である上、苦痛さえもたらすものであった。だから彼にとって職を失うことは、まさにエデンの園からの追放に等しかったのである。

退職当時のさまざまな出来事や情景が、また勝美の脳裡《のうり》に浮んでは消えた。それは七瀬が、このたった二カ月間で何度見せられたか知れぬ、もはやイメージとして固執化された記憶だった。

定年を言い渡されて以来、ますます仕事に精を出すようになっていたある日、ふ

と自分のところへまわされてくる書類が次第に減ってきていることに気がついた時の衝撃。（あの時は涙が出た）

退職の日、課員たちから陽気な歓声を浴びながら会社の玄関を出た時の虚脱感。若い社員たちの「万歳」「万歳」が「出て行け」「出て行け」に聞え、ひどい辱《はずか》しめを受けているとしか思えなかったあの時。（あの時は膝《ひざ》がふるえた）

（そしてあの時も）

（あの時も）

（あの時も）

「やっぱり磯釣《いそづ》りはお気に召しませんでしたの。お父さま」と、綾子がいった。

勝美に磯釣りをすすめたのは綾子だった。彼女の父の趣味が磯釣りだったからである。

「うん。わたしには向いていないようだね。あれは」と、勝美は綾子に愛想よく応じた。

（あんな退屈なこと、やるやつの気が知れない）（退屈して、悲しくなるだけだ）

（ふん。綾子にだけは目尻を下げて返事しやがる）

（いやらしい笑顔）（ぞっとするわ）

「家の中でぶらぶらしてるのは、からだによくないのよ。お爺《じい》ちゃん」彰が、ませた口調でそういった。竜一夫婦が二階の寝室で交わす会話の受け売りだった。竜一と綾子は一瞬どきりとして彰を睨《にら》みつけ、うわ目遣いに勝美の顔色をうかがった。

「ほう。そうか。そうか」勝美は目尻を下げたままで孫の顔を眺め、二、三度うなずいた。

彼が竜一夫婦から受ける余計者扱いに怒りの反応を示そうとしないのは、この可《か》愛《わい》い孫のためだった。彼らが家を出て独立してしまえば、当然孫の顔も見られなくなってしまうのである。

「そうか、そうか、ばっかり言ってちゃだめだ」子供扱いされていらいらした彰が、さらに大声を出した。「外へ出て行かなきゃ、だめだ」

（孫からも、邪魔者扱いか）（こいつらの入れ知恵だな）勝美は笑顔を消し、じろりと竜一夫婦を見た。

「お爺ちゃんに、そんなこといっちゃいけません」綾子がわざとあわてたふりをして彰をたしなめた。

「いいよ。いいよ。その通りだものね」照子は心の中でほくそ笑みながら、眼を細めて彰にうなずきかけた。孫の肩を持っている限りは、勝美が大っぴらに怒れないことを勘定に入れての同意だった。

（ざま見やがれ）忠二は腹の中でせせら笑っていた。

七瀬はうんざりした。

去年高校を卒業したばかりでもうすぐ十九歳になる七瀬は、同い年のこの忠二の心からいまだに何ひとつ共感するものを見出せないでいた。男性であることを計算に入れてさえ彼は無神経で粗暴で怒りっぽく、情感の発達がひどく遅れていた。高校生活の経験から、七瀬にはわかり過ぎるほどよくわかっていたのだが、彼の数人の女友達というのはいずれも彼の性格を深くは知らず、ただ彼の無神経さや狼藉《ろうぜき》ぶりを遠くから眺め、それが男性的なのだと錯覚しているに過ぎず、おそらく（女の子同士の話によく登場する男の子）であるという、ただそれだけの理由で彼に興味を持っているに過ぎないのであろう。

「仕事は、やりたいんだがね」勝美はやっとのことでそういった。だがそのことばさえ今までにもう何度か口にしていて、家族全員がその次のせりふを憶《おぼ》えてしまっているくらいだった。「しかし、せいぜい守衛か夜警程度で、それ以上の仕事はないだろうなあ」そういってから彼は、また家族たちを、やや威圧的にゆっくりと見まわした。

(まさかこのおれに、守衛や夜警をやれとはいうまいな)(課長まで務めたこのおれに、職業安定所へ日参しろなどとはいうまいな)(そんなところを、以前の部下にでも見られたら大変だ)

(もったいぶりやがって)

(無能力者の癖に)

(ふん。守衛か夜警以外に、何がやれるっていうのよ)

(なまじ課長なんかになったからいけないんだ)

家族たちは、申しあわせたように心の中で毒づきはじめた。嵐《あらし》のような罵倒だった。

「しかし、その気になって捜せば、何かある筈ですよ」竜一が間髪を容《い》れずに言ったが、これもいつもの通りのせりふだった。

勝美が退職後の二、三カ月間、竜一のいわゆる「その気になって」、毎日真剣に職捜ししていたことを、家族たちはまったく知らなかった。勝美にとっては、ながいながい余暇をあたえられたことが、また何もしないでいることが、自分にとっていかに苦痛であるかを、退職後のほんの数日で身にしみて味わわされた結果の職さがしだったのである。

だが、彼に適した職はなかった。彼が打ちこめる仕事、彼が今までしてきたような仕事はひとつもなかった。職業安定所へ行けば簡単な仕事が何かあるかもしれなかったが、そういう種類の仕事は彼にとって仕事ではなかったし、そもそもそれ以前に、職業安定所に行くことは彼の自尊心が許さなかったのだ。

彼は、定年退職とは、事実上人間から職を強奪することなのだとはじめて悟った。彼は今では、自分に比べれば囚人の方が幸福であるとさえ感じていた。囚人には余暇がないからである。

しかし家族たちは、勝美の最近の生活を眺めて、それを（まことに結構な毎日）であり（いいご身分である）と思っていた。また勝美も、彼らがそう思っているであろうことは知っていた。だが退職後の一時期、自分が真剣に職を捜し求めたことを彼らにうちあける気にはなれなかった。

七瀬が驚いたことには、勝美は自分の、仕事をほしがる気持をはずかしく思っていた。仕事人間である勝美は、あからさまに仕事を欲することは、食べものや女を欲することと同様、他人からはいやしく見えるのではないかとひどく恐れていたのである。

七瀬はそんな勝美の心理を、興味深く観察していた。と同時に、最近ではふたたび、他人の意識を感応することのできる自分の超能力についても、新たに興味を抱きはじめていた。これは七瀬が高校時代に、自分の能力について納得できる説明がどこにも見つからなかったことで大きく失望した時以来のことだった。

自分の超能力を自覚して以来、七瀬はずっと精神感応《テレパシー》への興味を持ち続けてきた。なぜ自分だけに、このような特殊な能力が備わっているのか、その理由を知りたかった。あるいは他にも自分に似た能力を持っている人間がいるのかどうか、それも知りたかった。

中学校へ入ってからは、その解答を求めてこっそりとそれらしい本を読みあさった。しかし彼女の周囲にあるものはせいぜい「世にも不思議な物語」「読心術」「世界奇談集」といった類《たぐ》いの本ばかりであり、むろんそこからは何の解答も見出せなかったのである。

高校へ入ってからは、自らスケジュールを決め、心理学関係の本を系統的に読んでいった。それと平行して、超能力者と自称する人物の著書や伝記などの一般書も読み、さらには実験主義的な心霊研究から発達した超心理学《パラサイコロジー》の本、特にJ・B・ライン、S・G・ソール、G・シュマイドラーといった学者の著書を原書で取り寄せ、読み耽《ふけ》った。だがここでも彼女は何ら具体的な解答を得ることができなかった。心理学の専門書では、この問題に関してひとことも触れていないのが大半であり、稀《まれ》に記述があっても、そのほとんどが懐疑的だった。一般書はたいてい興味本位に書かれていたし、七瀬にはあまりにもインチキ臭く思えた。肝心の超心理学の本では、ほとんどがESP（超感覚的知覚《エクストラ・センソリー・パーセプション》）の実験段階に低迷していて、結論も予測の域を出ていなかった。

七瀬は自分の能力の科学的裏づけの追求を断念した。それ以後彼女は、自分の能力を現実にあるものとしてあるがままに受け入れ、それ以上の穿鑿《せんさく》をやめたのである。動物は性行為の目的を知らなくてもそれを営んでいるのだから、というのがその理由だった。

しかし今、桐生勝美の自我機能の危機を観察することによって、彼女はふたたび自分の能力に関心を持ちはじめた。それは以前の、科学的裏づけへの関心ではなく、すでにあるがままにある自分の精神感応能力《テレパシー》の、七瀬自身もまだ知らぬその限界と可能性への興味であった。桐生勝美の意識を、どこまで完全に読みとることができるか、その限界と可能性への興味であった。七瀬は桐生勝美という人間の心理を、超能力の実験のモデルに選んだのである。

数日後、七瀬は勝美の変化に気がついた。勝美は、綾子のいうあの（べったりとしたいやらしい目つき）を、七瀬ひとりに向けはじめたのだ。綾子もそれを敏感に気づいたらしく、ある日台所で、にやにや笑いながら七瀬にそっと耳打ちした。

「お父さま、あんたがお気に入りらしいわ。あんたには気の毒だけど」

綾子は義父のエロチックな関心が自分から去ったために幾分ほっとしてはいたが、一方では自分の女ざかりの魅力が七瀬のような瘦《や》せた小娘に劣る扱いを受けたと思い、少なからず七瀬に嫉妬《しっと》していた。

だが、そんな綾子の、まことに女らしい心理は、今の七瀬にはまったく興味がなかった。七瀬は、なぜ勝美の、綾子への関心が自分に向け変えられることになったのか、その原因を探ろうとした。

勝美の意識の中にある七瀬のイメージは、白い果皮に淡紅色のぼかしが入った一《いっ》箇《こ》の水蜜桃《すいみつとう》であった。白桃色の七瀬の若わかしい皮膚と、陽光にきらめく少女らしいうぶ毛が、勝美の内部で甘く水分の多い果肉を包んだ水蜜桃のイメージと重なりあっていたのだ。

(なぜ)

(なぜ急に、わたしが)

中年男らしくもなく詩的に象徴化されたそのイメージに七瀬はとまどい、さらに勝美の心の奥を覗《のぞ》いた。

詩的なのも当然だった。その水蜜桃というイメージは、勝美が最近読んで共感を覚えた一篇の詩からの発想だったのである。

それはある総合雑誌の、老人問題を特集した記事の中に、歳《とし》をとる恐怖を歌ったものとして挿入されていた、あるアメリカの詩人が作った詩だった。

おれは年をとって、ふけてきた。
ズボンのすそをまくってはこう。
うしろで髪をわけようか。
桃を食ってみようか。
白いフランネルのズボンをはいて、海岸を歩いてみよう。
おれは人魚がたがいに歌いあうのを聞いた。
人魚たちは、おれに、歌いかけているのではあるまい。

勝美はこの詩の、桃を食べるという象徴的な一行から鮮烈な感動を受け、桃というイメージのあたえるエロチックな部分を、身近にいる水蜜桃のような少女にあてはめたのである。

それまで勝美が、綾子に向けていた関心は、はっきりしたエロチックな願望によるものであり、彼の性欲《リビドー》は息子の嫁の豊満な肉体のみを求めていた。むろん七瀬に向けられた関心も、エロチックな願望を伴ってはいたが、それはあの詩に象徴される若返りの願望や、退職によって社会から疎外《そがい》されたと感じている自我の歪《ゆが》んだ主張などと、複雑にからみあっていたのである。だからそれは、以前綾子に向けられていた欲望よりもずっと強いといえた。息子の嫁を犯すことと、女中を犯すことの罪の軽重は別にしても、勝美の情欲は綾子の時には見られなかった強さと真剣さで七瀬に向けられていた。

七瀬は、危険を感じた。勝美は本気で七瀬の肉体を求め、彼女を犯そうと考えていたからである。

あんな男の、あぶらぎった情欲の犠牲になったのではたまらない、と、七瀬は思った。勝美の心理に関心は持ったものの、もちろんそれは同情とか哀れみとかいった感情とは別のものである。彼に襲われることを想像しただけで、七瀬は身の毛がよだった。事実それは勝美の中で、徐徐に鮮明な画面として実現可能な形をとりつつあった。

単調な環境に長時間い続けることは、どんな人間にでも、決定的な悪影響をあたえるという学説を七瀬は知っていた。まして今まで激しく仕事に打ちこんできた勝美にしてみれば、多少精神が正常さを失うのもむしろ当然であろう。

日を追って、危険が迫ってきた。なんとかして、危機を避けなければならなかった。

避ける方法を見つけようとし、七瀬は、今まで観察し続けてきた勝美の心理をもういちどよく考えなおしてみた。そうすることによって、勝美の関心を自分以外のものへ向け変えることができるかもしれないと思ったからである。

勝美はそれまで、仕事によってのみ、自分の存在を主張し正当化してきた。仕事によってのみ、社会との、そして他の人間との紐帯《ちゅうたい》の存在を確信してきた。だが彼の退職によって、それらすべては行方を失った。彼の自我は崩れかかっていた。その自我をとり戻そうとして彼は七瀬に眼をつけたのだ。水蜜桃のような処女と肉体的に結ばれることで、彼は自分の存在を主張でき、正当化することができ、さらには若い彼女を通じて、家族ではなく外部の世界からやってきたよその娘を通じて、他の人間との紐帯、ひいては社会との紐帯をとり戻すことができるのだ。

勝美の関心をよそへそらせることは、どうやらできそうになかった。彼の意識や前意識を漁《あさ》れば漁るほど、七瀬には、勝美の精神がすでにのっぴきならぬところにまで追いこまれていて、自分以外に彼の自我の避難場所がなくなってしまっていることを思い知らされるのだった。

七瀬は嘆息した。あとは、その都度その都度危機の現場を切り抜けるか、桐生家を辞すしか方法がない。

危機は、予想外に早くやってきた。

連休を利用して、竜一夫婦と彰、それに忠二が、九州へ旅行することになったのである。家に残されるのは勝美夫婦と七瀬だった。竜一たちは勝美に、どうせ彼が妻の病気を理由に同行を拒むであろうことはよく承知していながら、誘いのことばをたったひとことかけてみることさえしなかった。

勝美は息子たちが家にいないその夜に、七瀬を襲う計画をたてはじめていた。

照子の寝室は奥の間にあり、女中部屋は玄関のすぐ横にあった。七瀬が多少声を出しても、奥の間の照子にまでは聞えないだろうと勝美は考えていた。また彼は、おそらく七瀬が処女の羞《は》じらいから声を出さないのではないかとも予想していた。

自分をはげますため、すべて自分の犯行に好都合な計算をする犯罪者のそれにおそろしく似た考え方なので、七瀬は、ややあきれた。

七瀬がいくらさわいでも、照子が眼を醒《さ》まさぬことは充分考えられた。不眠症の照子が家族にかくれて睡眠薬を常用していることを七瀬は知っていたからである。襖《ふすま》に釘《くぎ》を打つ以外何の対策も思いつかぬまま、その夜がやってきた。

勝美の、自我の強化された意識と湿っぽい足音が廊下を女中部屋へ近づいてきたのは、深夜の一時過ぎだった。

(いったん犯してしまえば、女は男のいいなりになるのだ)

彼は女に関するひどく乏しい、しかも幼稚で単純な知識を掘り起し、思い出すことで、けんめいに自分をはげまそうとしていた。

(殊《こと》に、あの子は処女だ)(おれが最初の男なのだから、なおさらだ)(あの娘が何を言おうと、それにひるんではいかん)(近ごろの娘は、口さきだけは達者だからな)(言い負かされて、途中で犯すのをあきらめたりするのが、いちばんまずい結果になるのだ)(犯してしまえば、それが口封じになるのだ)(泣き出されて、可哀相《かわいそう》になってやめたりしてはいけない)(泣き出そうが怒ろう

が、やるのだ）（やりはじめたら、最後までやっちまわなきゃいかん）
説得も、哀願も、脅迫も、どうやら効果はなさそうだった。七瀬が何を言っても、彼はそれを聞くまいとし、とにかく力ずくで彼女のからだを奪おうとするに違いなかった。そして勝美の力が強いことは七瀬もよく知っていた。
夜になってからそっと家を抜け出て、外泊すればよかったと思い、七瀬は後悔した。
勝美は襖の彼方《かなた》に立ちどまり、改めて決意を強めていた。（よし。最初から最後まで、無言で押し通してやれ）
襖の釘は、なんの役にも立たなかった。
一瞬後、牡牛《おうし》のように肩のいかった勝美の巨体が、黒いシルエットとなって七瀬の夜具の裾《すそ》に立ちはだかっていた。七瀬はとび起きて立ちあがり、部屋の奥にあと退《ずさ》った。
廊下の天井の暗い蛍光燈《けいこうとう》の明りだけが、間接的に四畳半の内部をぼんやり照らし出していた。七瀬の方からは勝美の表情が見えなかった。しかし勝美には七瀬の蒼《あお》ざめた無表情な顔が見える筈《はず》だった。

七瀬のブルー縞《じま》のパジャマ姿を見ても、勝美の心にエロチックな衝動はあらわれなかった。今はただ、以前から計画していたこの暴行を完全に遂行する自分への使命感だけしかないようだった。彼にとってこれは、非人間性と腕力を要し、しかもほんの少しだけ肉体的快感を伴う筈の（仕事）なのだった。自分のしようとしていることに罪悪感はさほどなく、この水蜜桃のような生娘に狼藉《ろうぜき》をはたらくことは、彼がみごとに失敗した新しい職を求めることにとって替る、いわば代償行動《サブスティチュート・ビヘヴィア》であり、それは職捜しよりはたやすく、職捜しほど恥ずかしくない行為だった。彼の中では（女中に手をつける）という昔から世間一般によくある行為は、もし世間に知られたとしても、あからさまな職捜しほどには他人からいやしく思われない筈の行為だったのである。

しかし現実に、七瀬に面と向っている今、さすがに彼はひどく興奮していた。

七瀬は無駄であることを知りながら、ほんの少しの可能性に期待をかけ、できるだけ落ちついた声で彼にいった。

「今、だまって出て行けば、誰にも言わないであげるわ」

（うそだぞ）案の定勝美ははげしく心で否定した。（もう、この部屋へ闖入《ちんにゅう》してしまった今となっては、やるしかないのだ）（もし今出て行こうものなら、この娘は誰かれかまわず言いふらすに決まっているのだ）（娘というのはそういうものだ）彼が七瀬のことばに心で反論することに躍起となり、生娘らしくない七瀬の落ちつきかたにまったく気がつかないのは、彼自身はげしくとり乱しているからで、それは七瀬にとって非常に不利だった。

勝美が、夜具を踏んで七瀬に迫ってきた。

七瀬はもう彼にことばをかけるのをやめ、この場の切り抜けかたをけんめいに考え続けた。処女性をさほど尊重してはいなかったものの、どう考えてもこの男に、代償行動としてからだを奪われるのはいやだったし、それ以上に、肉体的苦痛を恐れた。乱暴な扱いを受けるにきまっていたし、破瓜《はか》の痛さも精神感応的に意識体験していたからである。

勝美の手が七瀬の腕を捕えようとした。と同時に彼のもう片方の手が七瀬の肩にくる筈だった。彼の行動を先へ先へと読んで、瞬間的に身を避け続けるつもりだったが、追いつめられてしまえばすべて無駄だった。彼女は夜具の上に押し倒された。七瀬の透明感のある皮膚と、彼女の息づかいをま近にして、勝美の情欲が高まった。数年間禁欲生活を続けてきた彼の肉体が、夜着越しに若い娘の肉体を感じては鬱血《うっけつ》していた。もう、七瀬が何を言っても、どんなに抵抗しても、無駄なようだった。彼の意識は興奮の極にあった。

それならば、彼を混乱させればいいのではないだろうか、と、勝美の腕力にあらがい続ける中で七瀬は急にそんなことを思いついた。

今まで七瀬は、彼の理性に訴えることしか考えていなかった。しかし、彼のもともと正常さを失っている精神が興奮の高みにのぼりつめている今、どんな説得も無駄であることははっきりとわかっている。では、自分の能力を利用して、彼の心を完全に混乱させてしまう方向へ誘導できないだろうか。

できる筈だ、と、七瀬は思った。

ただし、それには危険がつきまとう。七瀬が今まで隠し続けてきた彼女の能力を、他人に知られるという危険である。

しかし今は、決断が必要だった。七瀬はすでにパジャマを脱がされていて、勝美の指さきは彼女の肌着にかかっていた。彼は七瀬が声を出さず、抵抗もさほどではなかったことに勇気を得て、彼女のあらわになった蒼白い大腿部《だいたいぶ》を眺めながら、今は自分のリビドーのポテンシャルを高めようとけんめいになっていた。（水蜜桃《すいみつとう》だ）（この娘は水蜜桃だ）（熟し切っていない、白くみずみずしい水蜜桃なのだ）（その水蜜桃を、おれはこれから心ゆくまで味わうのだ）

七瀬は不意に手足の力を抜いて見せることで彼の注意力を呼び醒まし、ひとことひとことをはっきり区切りながら、ゆっくりと彼にいった。「わたしは、熟し切っていない水蜜桃なんかじゃないわ。あなたに、心ゆくまで味わってほしくもないわ」

一瞬、勝美のからだが硬直した。意識の混乱があり、それに乗じて雑多な事物が無意識からなだれこんできた。次に、疑問が大きく拡《ひろ》がった。

（なぜだ）（なぜだ）（なぜだ）（おれはいつ、喋《しゃべ》った）（喋らないぞ）

自分を納得させる説明を求めて彼の心はしばらくあちこちをさまよい、手近な考えかたでひとり合点をはじめた。考えこんでいる場合ではなかったからである。

（夢中で、口走ったのだ）（興奮していたからだ）（最近、ひとりごとを言う癖が出てきたことを、皆から指摘されている）（その癖が、つい、出たのだ）

手っとり早く自分にそう言い聞かせると同時に、彼はさっきよりもはげしく腕力をふるいはじめた。よけいなことを深く考えまいとするためだった。そういえば以前から、自分に理解できぬいやな出来事があった時、それを忘れようとして彼が逃避する場所は常に（今やっている仕事）だった。

「いいえ」七瀬は、かぶりを振った。「あなたは喋らなかったわ。夢中で口走ったりしなかったわ」

片腕で七瀬の胸を、もう一方の腕で七瀬の腰を抱きすくめていた勝美は、ほんの少し彼女から身をはなした。眼を丸くしていた。彼女の顔を見おろし、まじまじと眺めた。

七瀬は微笑して勝美の顔を眺め返した。その微笑が無気味に見えてくれるように祈りながら彼を凝視した。

「やめろ」低く威圧的に、はじめて勝美は声を出した。

（読心術だ）（そうだ、こんなことは読心術の初歩にすぎない）（あて推量で、おれを驚かせようとしているんだ）（驚いて、おれがやめると思っているんだ）

「つまらんことは、やめろ」

「読心術じゃないわ」七瀬はまた、かぶりを振った。「あて推量で、あなたを驚かせようとしてるんじゃないわ」

(これも読心術だ)(おどろくな)

だが、意識とうらはらに本能で異常を感じたらしく、勝美のからだはひとりでに七瀬から遠ざかり、彼の前意識には原始的な恐怖が湧《わ》き起っていた。それは、ふくれあがりつつあった。

(まさか)(まさか)(まさか)(人の心をぜんぶ読んでしまう)(そんなばかな)(怪物だ)(さとるの化け物だ)(いるのだ)(ほんとにいたのだ)(存在したのだ)

「そうよ。わたしは人の心をぜんぶ読んでしまうのよ」七瀬はゆっくりと上半身を起し、勝美にいった。「その、さとるの化け物なのよ」

勝美は部屋の隅に退き、壁を背にして七瀬を眺め続けた。眼がほとんどまん丸に見開かれ、痴呆《ちほう》の表情になっていた。

(さとるの化け物)(さとるの化け物)(この女はさとるの化け物)

精神感応能力者《テレパス》というボキャブラリーを持たない勝美の心に、子供のころ祖母から聞かされて忘れずにいた、民話形式の伝承中にあらわれる怪物(さとるの化け物)が出現したのは当然のことである。

「そうだったの。子供のころ、おばあさんから聞かされていたのね」七瀬はけんめいの演技で、にたりと笑って見せた。

音をたてて勝美の理性が崩れた。

彼の意識の混乱は彼の中から目的と意志とエロチックな衝動を消滅させてしまった。今、彼に残されているのは、未開人種に見られる自然の驚異や未知のものへの畏怖《いふ》の感情だけだった。

「さとるの化け物」あるいは「山父《やまちち》」とも呼ばれている民話は、むろん七瀬も知っていた。昔どこかに実在したテレパスに対する畏怖の感情が、こういう伝承を生んだのではないかと、ひそかに胸をときめかせたことがあったからである。それが日本古来の伝承か、外国から入ってきた話かどうかはともかく、昔実在したのなら、現在だって七瀬以外に多くのテレパスが存在すると考えてもおかしくはないのだ。

「さとるの化け物」または地方によって「山父」とも呼ばれているその怪物は、人の心を読むことのできる怪物である。山に住んでいて、たしか「山父」の方はひとつ目、一本足だった筈である。「さとるの化け物」の方はときどき里におりてきて、たったひとりで野良《のら》仕事をしている村人の傍《そば》へやってくる。

(ああ。いやなやつがやってきた)と村人が思うと、彼はすぐ村人にいうのだ。

「お前は今、わしを見て、いやなやつがやってきたと思っただろう」

つまり村人が心に思い浮べたことを、次つぎと言いあててゆくのである。村人は次第に混乱し、ついには考えることがなくなってしまう。彼の心が空白になったとたん、化け物は村人にぱっとおどりかかって、彼の心を食ってしまうのだ。

「山父」の方の話は、もし七瀬が想像するように、ほんとに昔テレパスがいたとすれば、それに対する反感から作られたように思える結末がついている。山父がやってくるのは、家の前で薪割《まきわ》りをしている百姓のところで、最初はさとる同様、百姓の考えを次つぎに言いあててゆく。百姓は困りながらも薪割りを続けている。そのうち、ふとしたはずみで割れてとんだ薪が山父の眼にあたって、たったひとつしかないその眼をつぶしてしまう。山父は悲鳴をあげながら山に逃げ帰り、それ以後里へは出てこなくなった、という話である。つまり薪がとぶことは山父にも見抜くことのできなかった偶然の出来ごとであり、テレパスとて万能ではないことを主張する結末になっているのだ。もし当時、テレパスがいて他の人びとを苦しめたとすれば、逆に、いかにすればテレパスを負かすことができるかを人びとはけんめいに考えた筈であり、この民話こそがその消極的な解答ではなかったかと七瀬は想像するのだ。

「さとるの化け物」や「山父」のモデルが当時のテレパスであったかどうかの問題はさておき、七瀬が自らを「さとるの化け物」に擬することによって勝美から逃れようとしたのは、勝美がこの民話を思い出したことからヒントを得た機転だった。最初は行きあたりばったりに自分の能力を小出しにして見せ、彼をおびえさせたのだが、考えてみると今、勝美の暴力から逃れる方法は、これ以外になさそうだった。

(何もかも読み取られてしまうぞ)(考えるな)(何も考えるな)

勝美はもはや汗びっしょりになって、七瀬を睨《にら》みつけたまま畳の上に正坐《せいざ》し、凝固していた。

「それはだめよ」七瀬がゆっくりといった。「何も考えないなんて、そんなこと、人間にできるわけ、ないでしょ」

「わ」

勝美の顎《あご》が、さらに何センチか下がった。腰を浮かそうとし、彼は畳の上に尻《しり》をついてしまった。

(何でもわかるのだ)(では、おれが綾子に対して持っていた欲望も知られているかもしれない)

「もちろん、知ってるわ。あなたは綾子さんを、心の中で裸にして、犯していたわね。何度も、何度も」

「ひ」

勝美は立ちあがろうとした。だが、立ちあがれなかった。彼の頬は引き吊《つ》っていた。

「許してください。もう、許してください」(考えるな)(喋り続けろ)(考えてはいけない)「お詫《わ》びします」(綾子)(考えてはいかん)「もう、もうこんなことは二度と」(息子の嫁)(考えるな)(不倫)

七瀬は勝美のことばには答えず、彼の心に浮んだ事柄にのみ応じた。「そうよ。考えるだけでも不倫よ。息子の嫁を犯すなんて」

勝美の顔に笑いの表情が浮んだ。恐怖と混乱の果ての笑顔だった。彼の意識は退《レグ》行現象《レッション》を起しはじめていた。

（照子が悪いのだ）（悪いのは照子です）（あいつが拒み続けたからです）（堪忍《かんにん》してください）（おばあさん）（童話）（一生に一度ぐらい、こんなことを）（会社ではまじめだった）（浮気なんか一度も）（ほかの課長連中はみな、女子社員と浮気を）（おれはしなかった）（退職してから）（暇でついいろんなことを考えて）

「ずるいわよ」七瀬は鋭くいった。「自分のした悪いことを、奥さんのせいにしたり、退職して暇だったからだなんて。そんな言いわけ、わたしに通用すると思ってるの」

勝美の心は幼児期に退行し、そのころの記憶の断片の中へ逃げこもうとしていた。（ちがう）（悪いのはぼくじゃない）（悪いやつを退治しよう）（桃太郎）（こらしめるのだ）（こらしめてやるのだ）（こらしめられるのは、ぼくじゃないんだ）（さあ）（おばあさん）（悪いやつらをこらしめに行きましょう）

「いいえ。こらしめられるのはあなたよ。わたしがあなたを、こらしめるのよ」

こういった他愛《たわい》ない問答の行きつく果てに何が待っているのか、七瀬にはわからなかった。しかし、やり始めた限り、途中でやめることはできなかった。

「うわ、わ」

勝美が立ちあがり、よたよたと部屋から廊下へ逃げ出した。

(帰る)(ぼく、帰るよ)(おばあさん)(おばあさんのところへ、帰るよ)(ぼく、おばあさんのところへ、帰るよ)

「お待ち」七瀬はあわてて立ちあがり、いったんは勝美に脱がされたパジャマをいそいで身につけながら彼を追った。「帰らせないわよ」

背後から浴びせられた七瀬の声に、ぐらりとからだを傾《かし》げ、廊下へすわりこみそうになった勝美は、すぐにまたよろめきながら歩き出し、二階への暗い階段を、這《は》いずるような恰好《かっこう》で登りはじめた。

(帰るんだ)(帰るんだ)(おばあさんのところへ)

七瀬は階段の下に立ち、暗がりの中にぼんやりうごめいている勝美のぶざまな様子をぐっと睨みつけた。

これ以上の懲罰は、あるいは勝美には苛酷《かこく》すぎるかもしれなかった。しかし、このまま彼を抛《ほう》っておくことはできなかった。理性をとり戻した時の勝美は、七瀬にとってこの上なく危険な存在になる筈《はず》だった。七瀬の超能力を知った勝美が、誰に何を喋るか、何を始めるかはまったくわからなかった。おそらく彼のことばを信じる人間はいないだろうが、それでも勝美は七瀬にとって、自分の超能力のことを知っているただひとりの人間であるというだけの理由で、どんなことがあっても抹殺しなければならない存在だったのである。

七瀬は保身のため、やむなく勝美の精神を圧殺することに決め、まっ暗な二階の踊り場に向って、大きく声をはりあげた。

「おばあさんは、いないわ。どこにもいないわ。あなたのおばあさんは、いつもその二階の座敷にすわっていたあなたのおばあさんは、とっくに死んだのよ。死んだのよ。死んだのよ。あなたを守ってくれる人は、もう、どこにもいないのよ。あなたの帰るところは、どこにもないのよ」

はらり、と、勝美のすべての飾りつけが意識野の天井から落ちて、一瞬部屋が空白になった。その途端、七瀬がはっと息をのんだほど、彼の意識はみごとにからっぽになっていた。では、心が空白になるということは事実だったのか、と、七瀬が思った時、勝美が階段の踊り場で立ちあがり、静かに笑いはじめた。

「ふ、ふふ、ふふう、ふふう、ふう」

同時に、彼の無意識内の怪奇ながらくたが抑圧の関門を蹴破《けやぶ》って表面へ一気に噴出していた。勝美は発狂した。

「は、はは、ははあ、ははあ、はあ」

「わっ。わっ」七瀬は頭をかかえ、うずくまった。狂人の精神を覗《のぞ》いたのは、はじめてだった。

怪奇というにはあまりにも原始的で根源的な恐怖に満ちたイドのがらくたが、夢魔のように野卑な笑い声をあげて、階段の上から七瀬の頭上に襲いかかってきた。掛け金をおろし、あわてふためいて勝美の心を遮断したあとも、その恐怖は消えなかった。

彼女は顫《ふる》え続けた。

やがて七瀬はゆっくりと立ちあがり、勝美を見あげた。

彼女の犠牲者がそこに笑っていた。

彼女は目的を果したのだ。

暗い階段から暗い廊下へ、暗い部屋から暗い部屋へ、狂った勝美の笑いが暗い家の中に浸透していった。

「どうしたんです。あなた。何、笑ってるんです」ひたひたと、照子の足音が廊下を近づいてきた。「ナナちゃん。どうしたの」

「あなた。どこにいるの」

「何を笑っているのです」

紅《ぐ》蓮《れん》菩《ぼ》薩《さつ》

「根岸さんていうのはあなた、あの上品でおとなしい奥さんの家じゃないの」

「ああ。あの人がそうか」

駅前で根岸家への道を訊《たず》ねた七瀬は、文房具屋夫婦のそんなやりとりを聞かされた。人口がさほど少ないとも思えぬ町で、駅前の文房具屋にまで好もしい印象をあたえるためには、根岸夫人の上品さが他の夫人たちと比べ、よほど際立《きわだ》っていなければならない筈《はず》だった。

根岸家は駅前から山手《やまのて》に登って五分ほどの新しい住宅地の中にあった。アメリカ式に前庭へ芝生を植えた開放的な他の住宅とは違い、一メートルあまりの石垣の上に建てられた根岸家だけが高いブロック塀に囲まれていた。

知性的な顔立ちの根岸夫人は、七瀬を広い裏庭に面したリビング・キチンへ通し、穿鑿《せんさく》が過ぎぬ程度に何やかやと話しかけた。前に勤めた家で彼女のことを聞かされ、七瀬が想像していた通り、立居振舞や話しかたに品のある、表情のおだやかな女性だった。

「赤ん坊がいるのよ」と、彼女はいった。微笑していたが眼は笑っていなかった。「まだ十カ月なの。男の子だからこれから世話が焼けるし、主人は家で仕事をすることが多いから、その世話もしなくちゃならないし、だからあなたに来ていただいたの」

二十九歳の若奥さんの癖にお手伝いなんか雇って、と、世間から思われるのを恐れていることがはっきりわかる喋《しゃべ》りかたで、彼女はそう弁解した。

しかし彼女のほぼ完璧《かんぺき》な演技も、七瀬の読心能力の前では何の役にも立たなかった。七瀬はわずか十分ほどの対話で、根岸夫人の貞淑さや上品さや温厚さがすべて彼女の身についたお芝居であることを見抜いていた。考えてみれば『駅前の文房具屋夫婦にまで好もしい印象をあたえるほどの上品さとおとなしさ』は、多少誇張された演技力があってはじめて可能なことかもしれないのである。また彼女は結婚以来三年間、夫に対しても演技を続けてきた。彼女にとって結婚生活を長続きさせる方法は、夫を頭から押えつけるか、演技を続けるかのいずれかでしかなく、自らをインテリと思っている彼女が後者の道をえらんだのも当然だった。

根岸家の主人の新三《しんぞう》は私立大学の助教授をしていて、年齢は妻の菊子と同じ二十九歳である。ふたりは大学の心理学教室で同期生だったらしく、だから恋愛結婚ということになる。新三の専門が心理学であったことが、七瀬を、根岸家へ勤める気にさせた理由のひとつだった。

その日、講義を終えた新三が午後四時に帰宅した。縁なし眼鏡の奥の眼が細く、滅多に表情を変えない男だった。リビング・キチンで彼は菊子から七瀬を紹介され、ふと口もとを引き締めた。

(火田《ひた》七瀬。火田。火田。聞き覚えのある姓だ)

火田という変った苗字《みようじ》が彼の記憶を刺戟《しげき》したらしい。七瀬は彼の意識を探ろうとしたが『火田』というのが彼の研究に関係がある人物の姓であるらしいこととしかわからなかったし、また新三自身も思い出せないでいるようだった。彼の関心はすぐ他のことに移った。

の方からいう」

「書斎は掃除しないでくれ」と、彼は七瀬にいった。「掃除してほしい時は、ぼく

学究肌で書物の虫である新三は、無神経な女の手で机の上に拡《ひろ》げた資料を整頓《せいとん》さ
れ、本棚の書籍の配列が変えられてしまうことを極端に嫌っていた。

「でも、書斎をあのままにしておいたら、埃《ほこり》の山になってしまうのよ」新三が書斎
へ行ったあと、菊子は微笑しながら七瀬にいった。「虫がわいて健康にもよくない
し。だからわたし無断でときどき掃除するの。それがわかった時は主人も叱《しか》るけど、
でもねえ」

菊子は清潔、整頓といった常識で武装していた。彼女が書斎を掃除したからとい
って、新三が菊子に悪妻のレッテルを貼《は》れるわけのないことを知りぬき、そして新
三の非常識さを学者特有の子供っぽさとして世間にも認めさせようとしていた。夫
の非常識やその世話のむずかしさが外部へ知れた場合、それだけ彼女の良妻ぶりが
認められることになるのである。そして菊子の常識では、良妻というのは夫を道化
に仕立てあげることでしか果せない『役目』だったのである。

七瀬の観察では、さらにその奥には夫の学問を故意に軽視しようとする意志が秘

められているようだった。新三の仕事を馬鹿《ばか》にしない限り、新三を馬鹿にすることもできないのである。しかしその一方では新三が学問的業績をあげ、彼の地位があがることを、秘められた激しい虚栄心から焼けつくような思いで望んでいた。そしてこの内部の矛盾に、菊子はまったく気がつかないでいるのだった。

「心配しなくていいわ。あなたにはやらせないから」七瀬が考えこんだのを誤解して、菊子は笑いながらいった。「掃除はわたしがやります。叱られるのには馴《な》れてるの」七瀬に好意を求めていた。

(この子がわたしに同情すればいい。新三の非常識を、あちこちで言いふらしてくれればいい)眼を醒《さ》ましてむずかりはじめた赤ん坊にミルクを飲ませながら、菊子はそんな計算をしていた。(でも、この子が無口らしいのはあてはずれだけど)

七瀬は、菊子が自分を雇った真の理由がそんなところにあったことを知って少しおどろいた。そして事実次の日から菊子は、夫の非常識さ、子供っぽさの痕跡《こんせき》がなるべく七瀬の眼にとまるような工作をはじめたのである。茶碗《ちゃわん》や皿小鉢にタバコの吸殻を入れること、食べ残しの茶碗の飯に箸《はし》をまっすぐ突き立てて席を立つこと、ほっておけば一枚のハンカチを何日でも持っていて、あきらかに机の上や靴を拭《ふ》いたりしたあとで手や顔を拭《ぬぐ》っているらしいこと等である。もっとも七瀬から見れば、それは単に男の無神経さ、無邪気さに過ぎないようなことばかりだったのだが。

たしかに、考えてみれば菊子自身が夫の非常識ぶりをあちこちで言いふらすことはできない筈だった。匂《にお》わせる以上の悪口を喋れば彼女は良妻でなくなってしまうのだから。

新三がリビング・キチンへ顔を出すのは食事時だけで、家にいる時間のほとんどを彼は書斎で過していた。たまに七瀬と顔があった時、彼はいつも『火田』という姓の人物を思い出そうとしたが、その人物の顔はなかなか彼の意識野に浮びあがっては来ず、彼の思考はすぐ別の方向に向うのだった。その思考は、大学の心理学研究室にいて彼を手伝っている研究生の明子《あきこ》という彼の情事の相手に関してであることが多かった。

(深夜の研究室のソファ)(旅館の冷たいベッド。冷たい皮膚)(誰にも気づかれてはいない。しかし、ささやかな冒険に過ぎない)(それに、もう飽きてきている。他にも相手はいる)(明子とはむしろ、誰にも気づかれないままに終らせた方が)

しかし身のまわりに関して無神経な彼の浮気が誰にも気づかれない筈はなかった。

第一に、菊子が勘づいていた。相手の名こそ知らなかったが、ハンカチその他にありありと残された痕跡から、彼女は夫の浮気を確信していた。（心理学には女の学生が多いから、新三みたいな男にでも情事の相手が見つかるのだ）彼女はそう思っていた。

浮気の相手が単数であることとさえ推理していたが、その相手は新三次第でいつでも別の女に変えることができる筈だということまで知っていた。大学の研究室の雰囲気を経験してきているとはいえ、読心能力のない女性としてはおどろくべき洞察力だった。

「今日は何時にお帰りですの」

彼が大学へ行く日の朝食時、いつも菊子は夫にそう訊ねた。新三はうわの空で講義の終る時刻を彼女に教えるのが常だった。新三にしてみれば、菊子がそんな時間を記憶している筈がないと思っていたし、ましてその時間にあわせて彼の夕食や夜食が用意されていることなど、およそ彼の想像力の範囲にはなかった。彼にとって食事とは、食べもののある時間に彼がたまたま家にいれば否応《いやおう》なしに食べさせられるものでしかなかった。新三は食べものに興味がなく、彼の味蕾《みらい》の単純さは七瀬にとって驚嘆に値した。

(三・五〇講義終了。今七・四〇。三時間の情事。そろそろ戻ってくるわ)

新三が情事に身をゆだねている時間をはっきりと知ることのできる菊子は、それと同時刻に、赤ん坊を抱いたままあれこれ思いをめぐらせ、ひとり嫉妬《しっと》に身を焼いていた。それはどこに発散することもできない激しい嫉妬であり、菊子の意識を七瀬がのぞきこめばそこは地獄だった。七瀬はそのたびにおどろいて読心用の触手を引っこめ、自分の意識に掛け金をおろすのだった。

菊子は夫の情事の痕跡だけは、いつも七瀬から隠そうとした。彼の浮気が世間に知られることは、頭の良さで常に夫の上位に立ち続けることを望んでいる彼女にとって良妻としての誇りさえ失うことだった。

「遅くまで、お疲れだったでしょう」

情事を終えて帰宅した彼と夜食を共にしながら菊子が呪《のろ》いをこめて、しかも表情にはいたわりの微笑を浮べながら投げつけるそんな皮肉も、新三には通じなかった。

「ああ。若手には学会の雑用ばかり命じられる。ろくに研究する暇がない」(今夜の明子はいやに激しかった)(おれの気持が離れていくことを勘づいて、それを食いとめようとしているのだろうか）（女のことを考えているんだわ）（今、女を抱いた時のことを考えているわ）（考えながらご飯を食べているわ）（あの顔）（どんな顔をして女と）（どんな娘だろう）（何を話しているのか）（昔、わたしに喋ったと同じようなことを、きっと）（お喋りな娘にきまってる）（その娘が、よそで喋ったりしないだろうか）（別の男がいるに決っているからその男に）（明子）（よそで喋らないだろうか）（男の学生とも旅館へ行っているようだ）（男の学生とよく話している）（同じ男だ）（危険）（多摩子には、男はいない）（多摩子の方が安全）（研究している時だって、その娘のことを考えて）（だから書斎に閉じこもっている時間がながい）（ながい割に研究が進まないのはそのため）（でなければ今ごろは）（たいした研究でもない癖に）（いったい、いつ教授に）

今まで勤めてきた他の多くの家庭でもしばしばそうしたように、七瀬は夫婦と食卓を共にすることをなるべく避けるようにした。夫婦が互いに放射し続ける意識の醜悪さを眺めながら、表面平然として食事を続けるにはたいへんな努力を要したからである。

しかし、掛け金をおろして彼らの意識を精神の受容部から完全に遮断してしまうことはできなかった。『火田』という人物の正体を新三の心から読み取る必要があるためだった。心理学という新三の研究分野から推して、『火田』なる人物を彼が思い出した場合の危険をどうしても軽視することができなかったのである。

新三は食事中に研究内容を考えることが少なかった。心理学の中でも高度な理論だけで研究を展開させていくジャンルらしく、常に多くの資料を比較し検討しながら推論しなければならないため、食事中の思いつきといったものはほとんどなく、あっても役に立たないようだった。したがって七瀬が新三の心から自分の能力に関する新しい知識を得る機会もほとんどなく、また、書斎の掃除さえさせてもらえないのでは、暇な時に彼の蔵書を盗み読めるだろうという彼女の期待も、ほぼ完全に裏切られたわけである。いずれは書斎へ入れる時もあるだろうが、そんなことで焦《あせ》って余計な疑いを持たれるよりは、気長く機会を待った方がより賢明だった。

新三がほんとに学会の仕事に追われて遅く帰宅した日は、菊子には、事実そうなのか、あるいは彼が浮気をしてきたのか、判断できないらしかった。新三と共に夜食をとりながらも菊子は夫の様子を、いらいらしながら、こまかく観察し続けていた。

(どっちだろう)(本当に仕事が)(それとも情事)

そんなある日の深夜、手洗いへ行こうとしてふと洗面所の明りに気がついた七瀬が廊下の角からそっと覗《のぞ》くと、そこには純白のガウンを着た瘦《や》せぎすで長身の菊子が、鏡に向って立っていた。彼女は指さきにつまんだコンドームを眼の上の高さにさし上げ、電燈《でんとう》の明りにすかして夫の体液を凝視していた。量を目測しているようだった。彫りが深く、蒼白《あおじろ》い顔をした菊子の大きな眼は瞳孔《どうこう》の開きがわかるほどさらに大きく見ひらかれ、その眼の周囲は黝《あおぐろ》かった。鬼気迫る情景に七瀬は思わず後じさりし、そのまま自分にあてがわれている部屋へ足音をしのばせて戻った。

日を追って菊子の猜疑心《さいぎしん》は大きく拡がり、意識下の異常性へと深まっていった。不思議なことには、それとうらはらに彼女の演技力は完璧に近づいていった。感情の暴発に対する無意識的な防衛であろうと七瀬には思えたが、それが彼女の精神的破綻《はたん》を早める結果になる筈であることも知っていた。嫉妬心をむき出しにし、夫を詰《なじ》り、つかみかかり、泣きわめきさえすればもっと楽になれるだろうにと七瀬は思ったが、菊子にそんなことのできるわけがないこともまたわかっていた。

新三は菊子が内心そんな苦悩にのたうっていることなどまったく知らず、妻が自分の浮気を全然悟った様子がないのをいいことに、多摩子という新しい相手との情事に耽溺《たんでき》しはじめていて、以前多少は心にかけていた証拠の湮滅《いんめつ》にもお座《ふ》なり《ぜい》にしか気を使わなくなっていた。彼はもう一年以上も前から、夜毎《よごと》寝室の風情に趣向を凝らし、化粧を変え、娼婦《しょうふ》の演技を見せる菊子が鼻についていたし、明子との情事にさえ飽き飽きしていた。学者の身勝手さが露骨で、大学での立場と、自分の研究と、自分の性生活以外のことにはまったく関心がなく、興味を持とうとも、知ろうとさえもしなかった。学生時代の禁欲の反動が急に出たためであろう、若くして助教授になれた満足感と自負の強い彼の意識には超自我が小さくなって後退し、したがってそこには罪悪感らしいものが全然見あたらなかった。

夫婦の食卓に加わることが七瀬にはますます耐え難いものになっていた。

(新しい女と関係してるんだわ)

(多摩子の方がいい)(この馬鹿な女。演技で)(おれをつなぎとめられると思いやがって)

(いちど、あの口紅のついたシャツをベッドの上に拡げて)(おいといてやろうかしら)(わたしがとっくに知ってることを)(こいつに気づかせたら)(こいつはどうするだろう)(知らん顔を)(いや)(こいつはもっと子供っぽくて我儘《わがまま》)(不機嫌になって)(不機嫌をむき出しにして)(わたしとの性生活を拒否)(多摩子は明子よりも純粋)(衒《てら》いがない)(お芝居なんかじゃなく、全身でぶつかってくる)

(夫婦生活の破綻)(結婚生活の破綻)(でも)(離婚にはならない)(自分の地位のこと・大学での立場・私生活の乱れが出世に影響)(こいつは計算する)(こいつは計算する)(計算する)

(この馬鹿な・貞女ぶった・上品ぶった・良妻賢母を装《よそお》った)(その癖おれを子供扱いして)(おれの研究の重要さのちっともわかっていない)(セックスだけが生き甲斐《がい》のおとなしさ)

(このごろの若い娘は)(平気)(ひとのものを横取りして)(あつかましい)ぽっ、と心に見知らぬ女への憎悪《ぞうお》の炎をあかく燃やして一瞬箸を持つ手をひくひくと顫《ふる》わせた菊子は、急ににこやかな表情を作って夫を眺め、やさしく訊《たず》ねた。「もっと、

おつゆを召しあがる」（殺してやりたいわ）

「うん。貰《もら》おう」（なんだ。その声色は）

「ナナちゃん。おつゆ、もう一度温めてきてね」（殺してやろうかしら）（破綻）

「はい」

「はい、どうぞ」（離婚にはならない）（どうせ、ばれてしまったのだと思って、もっと公然と浮気を）（わたしに対して）（これ見よがしの浮気を）

（セックスだけが生き甲斐・｛昨夜も求めた／今夜も求めてくる｝あの匂い・｛頭が痛くなる／胸がむかつく｝・それでインテリだと思っている・新鮮さのまったくない）（年寄り）（婆《ばあ》さん）

（現場で殺してやれば）（ふたりとも）（破綻）（新聞）（週刊誌）（貞女の仮面の下にかくされた殺意）（太い活字）

（多摩子の若い性）（若い筋肉・若い足・若い尻《しり》）（こんな女にだけ愛情をそそいでやるなんてことは）（そうだ）（もったいないことだ）

この家にやってきた時期が悪かった、と、七瀬は思った。たまたま彼女の勤め出した時期に、夫婦間の最初の危機が急速に近づきはじめていたのである。わたしは運が悪い、と七瀬はまたそうも思った。

七瀬が来てから二ヵ月以上経《た》ったある日、菊子が大きくなった赤ん坊の顔を両親に見せるため一日だけ実家に帰った。

その日の午後、新三が大学へ出かけたあと、家の中にひとりだけになった七瀬は大いそぎで掃除と洗濯を済ませてしまい、胸をときめかせて新三の書斎にしのびこんだ。

六坪ほどの洋間には四方の壁に書棚が、ドアや窓の部分だけを残して床から天井まであり、その中の大部分が心理学関係の書籍だった。本は寄せ木タイルの床や、裏庭に面した窓に向けて置かれている大きな机の上にも数多く積みあげられていて、中には拡《ひろ》げられたままの本が十数冊重ねて置かれていたりもしたが、不思議に雑然とした感じはせず、学者の生活にはあまり縁のなかった七瀬にさえそれらが几帳面《きちようめん》に整理されていることはすぐわかった。

書物の半分以上が洋書で、さらにそのほとんどがドイツ語のようだった。英語で書かれたものは新しい本に多く、書棚の一部にまとめられていて、そこには七瀬も読んだラインやソールの超心理学《パラサイコロジー》の本もあり、彼女の胸はさらに高鳴った。ドイツ語は読めないので試みにラインの著書の近くにある英語の新刊書を数冊抜き出し、高校卒の乏しい語学力に自分で苛立《いらだ》ちながら拾い読みした末、その中の二冊がＥＳＰ（超感覚的知覚《エクストラ・センソリー・パーセプション》）の実験報告であることがやっとわかった。

根岸新三は、超心理学の研究をしたこともあるのだろうか、と、七瀬は思った。その本の余白にはあきらかに新三の筆跡で但《ただ》し書きが書き込まれ、赤鉛筆でアンダーラインが引かれていたし、新刊書の棚を見れば日本人の著者による超心理学の通俗的な本もあったからである。

現在の新三が超心理に関係した研究をしているのでないことは、彼の机の上に拡げられたままの書籍や資料を見れば一目瞭然《いちもくりょうぜん》だったが、それでも七瀬は不安を追い払ってしまうことができなかった。

さらに書棚を物色するうち、ファイルやスクラップ・ブックの並んだ棚に『Psi ability』と書かれた部厚いファイル・ブックを認め、七瀬はとびつくように抜き出して中を開いた。Psi ability がＥＳＰ能力のことであることは知っていたからである。

それは実験によって一般人のＥＳＰ能力を測定したカードのファイルであり、そこには無作為に選ばれたらしい被験者約百人の実験結果が、カルテに似たカードとなって綴《と》じ込まれていた。日付から判断して、研究生時代の新三がＥＳＰの研究に関係していたことは確かである。そして七瀬はそのカードの中に、被験者のひとりとして記されている父の名を発見した。

火田精一郎。

七瀬は激しい衝撃を受けた。

新三が、たとえ人物を思い出すことができないでいるにしても、百人もいた被験者の中のひとりの姓を未《いま》だに記憶していることから推理して、父は被験者の中でもよほど特異な能力を持つ存在だったに違いなかったからである。カードには数字や各種の記号がややこしく書き込まれていて、七瀬にはそれらの意味が全然わからなかった。ただ、そのカードをそのままにしておくことには本能的な不安を感じた。ちょうどその時、七瀬の不安をかき立てるようにリビング・キチンの電話が鳴った。

七瀬は、はげしくためらった。カードをそのままにして電話に出ている間に、新三が帰宅するかも知れなかったし、そうなればふたたび書斎へ入る機会がなくなってしまうかもしれないのである。七瀬はカードを抜き取り、ファイル・ブックをあわただしく書棚のもとの位置に戻して書斎を出た。

電話は菊子からだった。新三がもう大学から戻ったかどうかを確かめたのち、少し遅くなるからといって夕食の献立をこまごまと七瀬に教えた。電話なので菊子の考えを読むことはできなかったが、もしこの時間に新三が戻っていないのなら、おそらく彼は菊子のいわゆる『けだものの時間』を過そうとしているからである筈《はず》で、だから自分も少しぐらい遅く帰宅しても間に合うだろうという胸算用をしたに違いなかった。

受話器を架台に戻しながら、七瀬は茫然《ぼうぜん》として手にしたカードを眺めた。早まった、と彼女は思った。ファイル・ブックの金具をはずす手間を惜しんで引きちぎったため、カードの隅のパンチされた部分が破れていて、今さらもとに戻すことはできなかった。もし新三が七瀬の父のことを思い出し、ファイルを見てカードの脱落を発見した場合は、だいいちに七瀬を疑うだろう。あるいは七瀬が何を隠そうとしているか、詮索《せんさく》しはじめるかもしれない。

といって、破れたままのカードをファイルに戻しておくことは尚《なお》さら危険だった。

そのカードがいったん破り取られていることを、なんでもない別の機会に発見されてしまうかもしれないのである。

新三が自分を疑いはじめ、詮索をはじめたら、自分の超能力のことまで知られてしまうおそれがある、七瀬はそう思い、身をふるわせた。いても立ってもいられず、なんという早まったことをしたのかと後悔で地だんだを踏みたい気持だった。今までにもしばしば、自分の身に起り得る最悪の状態として想像したさまざまないまわしいイメージが脳裡《のうり》をかすめた。実験台に立たされている自分、学者に囲まれ疑惑の視線を浴びながら問いつめられている自分、多くの人に顔を知られてしまい、うしろ指をさされている自分、それらすべては、七瀬が、自分の能力を他人に知られた場合身の破滅になり兼ねないことを知って以来ずっと彼女を悩ませ続けてきた恐怖だったのであり、だから今、それが現実になるかもしれないと思っただけで彼女はおそろしさに歯の根があわぬほどとり乱したのである。

さらに、彼女の想像では異端者のたどりつくところはいつの時代でも同じの筈だった。すべての『普通人』から憎まれ、恐れられ、嫌悪された末には何が待っているのだろう、まさか死刑にはならないとしても、解剖、見世物、隔離といったことが考えられたし、それは七瀬にとって死刑より恐ろしいことだった。だが、それはほぼ確実に予想されることなのだ。常識で考えても、人間が、自分たちの社会にまぎれこんだ人間以上に高度な能力を持つ動物をそのまま生かしておくだろうか。

考え続けながら用もなくふらふらと部屋から部屋へ漂うようにさまよい歩いた末、七瀬がやっと、手にしたカードを焼き捨てることに思い及んだ途端、玄関のチャイムが鳴った。七瀬は意識のアンテナを高くあげ、ポーチに佇《たたず》んでいるのが新三であることを知った。

(早く帰ってきたんだわ)

七瀬はうろたえ、カードを折りたたんで客間の長押《なげし》の隅に隠し、玄関へ小走りに駆けた。駆けながら両の頰を手でこすった。顔色がなくなっている筈だった。

ドアをあけると新三が七瀬の顔を鋭く一瞥《いちべつ》した。七瀬は新三の心を覗いて声のない悲鳴をあげた。彼は『火田精一郎』という人物をすでに思い出していた。

(この娘が、あの男の子供なのだ)(さっそく実験しよう)(Psi abilityの遺伝)

(実験カードがあった筈だ)(書斎にファイルがある。もういちど確かめて)

新三は、靴を脱ぎながら七瀬にいった。「君のお父さんは、武部《たけべ》製紙の総務部長をしていた火田さんだね」

「はい。そうです」七瀬は観念してそう答えた。新三が七瀬の身許《みもと》をすでに調べてきていることを知ったからである。誤魔化そうとするのは尚さら危険だった。

「ちょっと、話があるんだ」彼は七瀬の顔をふたたび見つめた。「書斎へ来てくれないか」

「あの」七瀬は無駄と知りながら、少し言い澱《よど》んだ末に答えた。「奥様から夕食の買物をいいつかってるんですけど」

「そんなことはどうでもよろしい」新三は顔をしかめた。（この家の主人はおれだぞ）「大事な話なんだ。すぐに来なさい」命令だった。（菊子のやつ、やっぱり女中にまでおれを馬鹿《ばか》扱いさせるように仕向けていやがる）

もう逃げられないと思い、七瀬はうなずいた。「はい。それじゃ、あの、お茶を持ってすぐ行きますから」

「うん」新三は着換えもせず、まっすぐに書斎へ入った。

七瀬は長押からカードをとり、少なくとも自分が抜き取ったという証拠だけは湮滅するために台所のガス焜炉《こんろ》で焼き捨てながら、すばやく考えをめぐらせた。今からすぐに、荷物をまとめて逃げ出そうか、いや、それはまずい、よけい怪しまれるし、どうせ見つかってしまう、新三がどこまで自分のことを知っているか、それを観察したあとで行動を決めよう。

茶盆を持って書斎へ近づく時七瀬は、重罪犯の容疑者が警察の取調べ室へ入って行く時もこんな心境ではないかと想像した。案の定新三は、例のファイルを出してカードを調べながら、しきりに首をひねっていた。

(おかしいな。あのカードだけがない)(特異例として、樺島《かばしま》教授に渡したのだろうか)(それにしても、控えぐらいはある筈だ)

樺島教授というのは新三が研究生時代に師事したことのある、超心理学に深い関心を持っていた教授で、七瀬にとって幸いなことにその教授は五年前急死していた。新三がカードの紛失を自分に結びつけて考えることはまずなさそうだと知り、七瀬は幾分ほっとした。新三の意識に次つぎと浮ぶ事柄をけんめいに読み取りながら、七瀬は彼のことばを待った。

「まあ、そこへおすわり」新三は小さな丸椅子《まるいす》に七瀬を掛けさせ、自分はデスク前のスチール製肱掛《ひじかけ》椅子に腰をおろして、さっそく質問をはじめた。「お父さんはお

元気」（武部製紙の総務部長のひとり娘ともあろうものがどうして女中なんかやってるんだ）

「死にました」と、七瀬は答えた。新三は、彼女の父が死んでいることを知っていながら質問し、七瀬の反応をうかがっていた。七瀬は無表情にいった。「一昨年、わたしが高校を卒業する前の年に」

「ほう。それは残念」（どうしてもあのカードを捜さなけりゃ）

「父を、ご存じだったんですか」相手に質問の隙《すき》をあたえず、むしろこっちからいろいろ質問して、知識を得た方がいいだろうと七瀬は考えたのである。

「うん。知っている。いや、知っていた。今日、大学で思い出したんだ」大学に彼を訪ねてやってきた研究生時代の友人との会話から『火田精一郎』を思い出した新三は、七瀬の紹介者に電話して彼女の父の名を確かめたのである。「君のお父さんには、昔、ぼくたちの研究を手伝ってもらったことがある。君には難かしいだろうが、心理学の実験で、ＥＳＰカードのテストというのを受けてもらったんだ」（すごい成績だった）（樺島さんも驚いていた）（だから苗字《みょうじ》を憶《おぼ》えていた）

やっぱりそうだったんだ、と七瀬は思い、すぐに次の質問を考えた。なぜ住込み女中なんかしているのかという新三からの質問だけは避けねばならなかった。一カ所に長居をして自分の能力が他人に知られるのを防ぐためなどということは、むろん、死んでも口にしてはならなかった。

「あのう、それはいつごろのことでしょう」

「七年前になるな」（どうしてこううるさく質問ばかりするんだ）（こっちが質問できない）（これではあべこべだ）

昔、心理学研究室の傍らに武部製紙の建物があり、そこの職員が被験者として狩り出されたことを、七瀬は新三の心から読み取った。父もその一人として、おそらくは面白半分にテストを受けたのであろう。ひとり娘の七瀬にどんな災難がふりかかるかなど夢にも考えず。

新三は一刻も早く七瀬にＥＳＰテストをやらせたくて苛立っていた。これ以上七瀬が質問を続ければ、学者特有の自己本位な性格をむき出しにして彼が怒り出すであろうことはあきらかだった。

「お父さんには特殊な能力があってね」七瀬が黙りこんだので、新三は喋《しゃべ》りはじめた。「みんな、びっくりしたものだ。その後も、いろんなテストを受けてもらおうとしたんだけど、何しろ総務部長さんだから多忙で、なかなかその機会がなかった。そうこうしているうちにこっちも忘れてしまったんだが」実験が中断したのは、樺島教授の急死が原因だった。「しかし、火田さんがなくなられたことはどう考えても残念だ。で、君はお父さんから、その実験のことを聞かされたことはなかったの」

「はい」本当だった。

父が精神感応能力者《テレパス》でなかったことは、むろん七瀬がいちばんよく知っている。しかし七瀬のような超能力者ができたくらいだから、ある程度はＥＳＰ能力を持ってはいたのだろう。だが常識人の父は、たとえ実験結果を聞かされたとしても、おそらくは笑いとばしてさほど問題にはしなかった筈であった。家庭でそんなことを喋ったり考えたりすれば、それは、すでに中学生になっていて自分の能力についてあれこれ思い続けていた頃の七瀬の記憶に、はっきり焼きついた筈だからである。

「君には難かしいだろうが、ＥＳＰカードというのは」新三は喋りながら、机の上に用意しておいたＥＳＰカードをとり、七瀬に示した。「こういうものだ」

『君には難かしいだろうが』という言いかたは新三の口癖のようだった。しかし七瀬はむろんESPカードがどういうものかはよく知っていた。トランプに似たカードに、十字、星形、円、四角、波形の五種類の図形が、各五枚ずつ描かれていて、合計二十五枚でひと組になっている。

「これはデューク大学のラインという博士が実験用に考案したものでね。で、どうやって実験するかというと、ひとつの衝立《ついたて》をはさんで、テストする者とテストを受ける者が向きあって腰かけ、テストする方がESPカードを一枚めくるごとに、受ける方がそのカードの模様をあてていく。つまりこれは超感覚的知覚の一種で、透視、クレア・ヴォヤンスという能力のテストなんだが、君のお父さんはこのテストで抜群の成績だった。つまり、ほんとにそれが偶然に適中したものだとすれば、その確率は十の十乗分の一よりもまだ少ないという驚くべき適中率だったわけだよ。つまりだ、その、絶対に偶然ではないといい切れるほどの適中率だったわけで。その。君。わかるかね」(これ以上説明をくり返すのは面倒だ)(時間の無駄だ)(わかったと答えてくれ)

むろん、わかり過ぎるほどよくわかっていたが、七瀬はせいいっぱい頭の悪い娘の表情をつくって見せた。「はあ。あのう。まあ、なんとなく」

（愚かな娘だ。父親の方はもっと利口だったが）新三はさらに苛立《いらだ》ちながら説明を続けた。「手っとり早くいうと、同じテストを君にも受けてほしいんだよ。君のお父さんに特異な能力があったことははっきりしているんだ。だから君にも遺伝的にESPが、つまり超感覚的知覚があるんじゃないかと思うんだ。で、どうかね」新三は、七瀬に有無をいわせぬ調子で、それでもできるだけ態度にはさり気なさをこめながら頼んだ。「やってくれないか」

「はあ」七瀬はもじもじした。「今ですか」

「う、うん」新三は少し迷った。実験に必要な立会い人がいないことに気がついたのだが、もし七瀬の成績がよかった場合、本格的なテストは大学の研究室でやればよいと思い返し、すぐにうなずいた。「そうだね。できれば、今」

「あの」七瀬はしどろもどろの声と態度をあからさまにして見せた。「奥さんがお帰りになる前にお夕食作っとかないと、わたし、あの、叱《しか》られますし、もうそろそろお帰りに」

新三の眼に憎悪《ぞうお》が燃えた。（愚鈍だ）（この娘は愚鈍者だ）彼は以前から教養のない人間に憎しみを抱いていて、彼にとって教養のない人間とは特に、自分の研究に理解を示さぬ人間たちだったから、今それは、この女中を手なずけた妻に対する憎悪とともに二倍にも三倍にも膨れあがっていた。

彼は声を荒らげた。「それはいいといったじゃないか」

愚鈍な娘だと思われることは、自分にとって有利ではないかと七瀬は思った。そしてまた新三が、この娘にはとてもＥＳＰなどありそうではないと考え、実験をあきらめてくれれば幸いだ、と、そうも思った。しかし新三の意志が固いこともまた、七瀬にはわかっていた。彼の心を読めばそこには功名心と打算と名声欲があった。彼自身、現在彼が取り組んでいる研究ほど超心理学に興味を持ってはいなかったが、今、七瀬にＥＳＰ能力があるとわかれば、それはＥＳＰの遺伝に関する新しい発見を発表できると同時に、死んだ樺島教授がまだ発表していない研究成果さえ自分の功績にしてしまうことができる上、研究ジャンルの面白さがマスコミに受けることも考えられるのである。もっとも超心理学といえば日本の学界ではまだまだ馬鹿にされる傾向が強く、それだけに研究発表は彼にとって危険でもあったが、アメリカやソ連で超心理学研究所のある大学は珍しくないから、万一の場合は海外での評価も期待することができた。

とにかく、ＥＳＰテストだけは、どうしても避けなければならない、と、七瀬は決心していた。自分に透視能力があるかどうか彼女は知らなかった。今まで、相手の心をつい読んでしまうためトランプに類する遊びは避け続けてきたからである。たとえ施験者の心を読んでわざと間違った答えを出し続けたとしても、どんな意外な判断を下されるかわかったものではないし、間違い過ぎると思われる危険もあった。ある被験者の場合、あまりにも間違いが多過ぎるためよく調べてみたら、実は二枚下のカードを次つぎと言いあてていたことがわかったという例も実際にあることを七瀬は知っていた。特に七瀬の場合、もし透視能力があるとすれば、新三の心に浮ぶ正解を避けようとするあまり、意識せずして別の場所にあるカードを順序正しく言いあててしまう危険が非常に多かった。

新三がはっきりと怒りをあらわしはじめた瞬間を利用して、七瀬はいっそう無表情を装《よそお》い、両手を膝《ひざ》の上で強く握りしめ、頑迷な口調をあらわに、わざと新三の顔から眼をそむけて答えた。

「わたし、心理学の実験なんて、受けるのいやです」

怒鳴ろうとする気持と、自制の意志が新三の中で激しくせめぎあった。（馬鹿女め）（怒るな。心理学に対する一般人のこういう反応は、いつものことじゃないか）（菊子のやつ、おれの仕事に関してこの女中に、いったいどんな馬鹿げた考えを吹っ込みやがったんだ）彼は爆発しそうになる自分の感情を警戒し、彼としてはせいいっぱいのやさしさで七瀬に話しはじめた。「心理学なんて、君が思っているようなそんな、こわい学問じゃないんだ。別に、君の考えていることが全部わかってしまうとか、催眠術をかけてどうこうとか、そういうものじゃないんだよ。実験といったところで」

説得は小一時間続いた。新三は感情にさからいながら七瀬に、心理学に関する彼女の誤った考えをひとり合点でやさしく諭し、彼女の父の利口さを引きあいに出し、最後には謝礼金のことさえ匂《にお》わせた。

時どきは感情の小さな暴発もあった。

「まだ、わからんのかね」

「どう言やいいんだ」

だが、彼はすぐに前以上のやさしさに戻り、嚙《か》んで含めるような説得を続けた。

しかし七瀬はあくまで、彼がやさしくすればするほど警戒心を表情に出して見せ、彼が怒れば怒るほど頑固さを口もとにあらわして、いつまでも根気よく黙り続けた。(この無知と頑迷さはどうだ)(こんな非人間的な、動物みたいな女は死ねばいいんだ)(もう、喋りもしやがらん)(牡蠣《かき》みたいに口を閉ざしていやがる)

なぜ自分は、こんなに苦しまなければならないのだろう、なぜこんなひどい罵倒《ばとう》を甘んじて受けなければならないのか、そう思ったとたん七瀬は、不覚にも涙を流した。知らずしらず嗚咽《おえつ》が洩《も》れた。

だが七瀬の涙で、ついに新三の忍耐力は限度を越した。(無知の涙だ)(豚の涙だ)(もう知らん)(勝手にしろ)「泣くほどいやなのか」彼はもう嫌悪感を隠そうとせず、大っぴらに顔を歪《ゆが》めて吐き捨てるように叫んだ。「馬鹿《ばか》だな君は。もう、よろしい。行きたまえ」そして胸の底から湧《わ》きあがってくる激しい憤《いきど》りと深い嘆息に沈みながら七瀬に背を向けた。しかし彼は、まだあきらめてはいなかった。彼はすでに次の機会をどうやって作ろうかと考えていたのである。

机の上に置かれた新三の指さきが痙攣《けいれん》するように顫《ふる》えているのをちらと見たのを最後に、七瀬はすすり泣きながら書斎を出た。涙はとまることがなかった。次から次へと湧き出てきた。生れてはじめて七瀬は、自分の能力を心の底から呪《のろ》い、憎んだ。

泣きながらリビング・キチンまで戻ってきた七瀬は、嵐《あらし》のように激しく動揺している意識をすぐ身近に感じて、はっと顔をあげた。いつ帰宅したのか、そこには菊子がいた。彼女は放心したような表情のまま蒼白《そうはく》になり、棒立ちになって七瀬を見つめていた。

(女中にまで)(女中にまで手を出したんだわ)(女中にまで)

違います、と叫びそうになり、あわてて七瀬は口をつぐんだ。ひどい誤解だった。

「あら、お帰りなさい」いそいで涙を拭《ぬぐ》いながら表情をとり繕い、平静さを装ってそういったものの、声の顫えは隠せなかった。

今や菊子は、新三が七瀬に『手を出した』ことを確信し、かつてない勢いで胸に火を燃えあがらせていた。(けだものだわ)(けだものだわ)

確信に満ちた時、菊子の顔には逆に、あの上品な微笑、やさしいいたわりの眼差《まなざ》しが戻っていた。「どうしたの」彼女は気遣うように七瀬に近寄り、菩薩《ぼさつ》のような慈愛に満ちた表情と、得意の、思いやりがたっぷり含まれた抑揚で声をかけてきた。

「なぜ、泣いてるの」(犯されたんだ)(犯されたんだ)(あの男が犯したんだ)(あ

いつに犯されたんだ）

「いえ。なんでもないんです」

「そう」それ以上の質問を、『思いやりこめて』彼女はあきらめた。

菊子の心の呪いの火は、いつか七瀬が幼い頃に見た、あかあかと燃えさかる火葬場の火のようであった。いや、あるいはそれは幼い日の七瀬が縁日で見た「地獄極楽」という覗《のぞ》きからくりの一情景かもしれなかったし、そもそもそれに似た記憶は七瀬にはもともとなくて、人類原初の激しい怒りのイメージが圧倒的な勢いで流れこんできたため、七瀬にそのような誤った記憶、一種のデジャ・ヴ現象を起させたのかも知れなかった。人間が、人間を、これほどまでに呪い、憎むことができたのかと、七瀬が発狂しそうになりながらもそのイメージから眼をそらすことができず、ただ恐れおののき続けたほどの、それは根源的な怒りの爆発だった。

もう、この家にはいられない、と、七瀬は思った。しかし、新三の追及の手が自分の行く先ざきへついてくることだけは防いでおかなければならなかった。新三の手を封じるためには、彼に自分のことを忘れさせるほどの大きな、手に負えない厄介ごとをあたえればよいと彼女は考えた。そしてそれには、菊子のこの激しい怒りを利用する以外方法がなかった。

「奥さん」七瀬は、意識に掛け金をおろして菊子の意識を遮断し、それ以上菊子の激情に思考を乱されることのないよう自分の心を整えてから、っ、と彼女の傍らに歩み寄った。「お話ししておきたいことがあるんです」

むずがり出した赤ん坊を抱きあげてあやしながら、菊子は落ちつきのある笑顔を七瀬に向けた。「なあに」

「先日お休みをいただいた日、わたし、映画を見に行ったんです。そして、その帰りに、見てしまったんです」七瀬は菊子の顔から視線をはずしたままでひと息に喋った。「ご主人が女の人とホテルから出てくるところを」

ホテルの名や時間をもし菊子が訊《たず》ねれば、七瀬には返事する用意ができていた。以前、新三の心から読み取っていたからである。だが、菊子は訊ねようとせず、表情さえ変えなかった。そのかわりに赤ん坊がわっと泣き出した。菊子が抱く手に強く力をこめたからに違いなかった。

さらに、七瀬は続けた。「その前にはわたし、ご主人が別の女の人と喫茶店で話しているのを見ました。わたし、その喫茶店の中にいたんですけど、ご主人は気がつかないで、わたしのすぐうしろのボックスにすわったんです。その女の人とご主人も、何か、あの、あるようでした。話の内容でわかったんですけど」七瀬は菊子をまっすぐに眺めた。「それだけです」

「ありがとう」おだやかな微笑を揺らぎもさせず、菊子は赤ん坊をゆすりながら七瀬を見つめ返した。「でも、そのこと、誰にもいわないでね」菊子の心の中で、夫の淫蕩《いんとう》に耐える貞女の役目を演じる決心が固まったことはあきらかだった。

「いいんですか、奥さん」七瀬は強く菊子に迫った。「ご主人が、浮気なさってるんですよ」

「あなたの気持、わかるわ」菊子はふたたび気遣わしげに眉《まゆ》をしかめ、七瀬に訊ね返した。「やっぱり主人から、何かされたのね」

七瀬が自分にそんな告げ口をするのは、同じ犠牲者としての同情からであろうと、菊子は考えたに違いなかった。しかし七瀬は黙っていた。黙っている時間が長ければ長いだけ菊子の怒りはより激しく沸騰《ふっとう》する筈《はず》だった。

「いいえ」やがて七瀬は、弱よわしく否定した。「わたしは無事でした」

「よかった」

大きく見開かれた菊子の眼が、七瀬を見つめていた。その眼に、何の涙か大粒の露がふくれあがり、頰をつたいはじめた。微笑を浮べたままの菊子の、またたきもせぬその眼から、涙は次つぎに流れ落ちた。無気味さはこの上もなかった。安堵《あんど》の涙ではない筈だったからである。菊子は夫が七瀬を犯したという確信を、より深めた筈だった。そして菊子がそれを夫に確かめたりする筈はなく、新三にしても、どうせ馬鹿にされるに決っているESPテストのことなどを妻に、問われもしないのに話す筈がないことを七瀬は知っていた。

すっ、と横を向いて手の甲で頰をひと撫《な》でした菊子は、次に、さりげなく七瀬に質問した。「その、喫茶店で会っていたという女の人は、主人とどんなことを話していましたか」

七瀬は答えた。「ご主人と一緒に、奥さんの悪口を言っていました。馬鹿にしたようなことを」

たちまち七瀬の、意識の掛け金がはじけとんだ。怒濤《どとう》が七瀬の心を襲った。すさまじい菊子の憤りは、七瀬の心だけでなく、からだの自由さえ奪った。

「あ」七瀬はリノタイルの床にくずおれた。

見あげれば紅蓮《ぐれん》の炎が赤ん坊を抱いた姿の菊子を包んでいた。炎の中にすっくと立った菊子はあの慈悲の笑みを浮べたまま、眼だけは大きく見開いて七瀬を見おろしていた。彼女は怒りの中で、おそらくは無意識的にであろう、心に経文を唱え続けていた。その精神力の強さと凄《すご》さに、七瀬はもはや彼女の呪いを自分の心から断ち切ることはできず、ただ顫え続けるしかなかった。

「お、お暇を」七瀬は、しわがれた声でけんめいに叫んだ。「お暇をいただかせてください」

「無理ないわね」紅蓮の舌に包まれた貞女が、もはや全く関心を失った小娘に、笑いかけながら別れを告げた。「さようなら」

翌朝、早早に七瀬は根岸家を辞した。

根岸夫人が赤ん坊を殺して風呂場《ふろば》で自殺したことを報じた記事は、それから二日後、七瀬の手にした新聞に載っていた。そしておそらくはその衝撃が原因だったのであろう、根岸新三の詮索《せんさく》の手が七瀬の背後にのびてくることはふたたびなかったのである。

芝生は緑

「明日から一週間だけ、お隣の市川さんへ行ってあげてほしいんだが」と、高木《たかぎ》輝《てる》夫《お》が七瀬にいった。「ご主人が家で仕事することになったそうだ」

「わたしはかまいませんが」と、七瀬は答えた。

輝夫は丸い首を傾《かし》げ、部厚い唇の端を歪《ゆが》めて苦笑した。「直子には、もう話してある」

彼はまた膝《ひざ》の上の内科医学会報に眼を落した。

この家に勤めて一カ月、七瀬は書斎兼用のリビング・ルームでくつろいでいる輝夫が、医学書を読んでいる姿を一度も見たことがない。彼はいつも薄っぺらな会報か、さもなければ新聞を拾い読みしているだけだった。あとはテレビの洋画を見ていた。それでも彼は医学博士で、このマンションの一階に小さな医院を出していた。まだ四十歳になったばかりだというのに、彼がもはや学問に興味を失ってしまっていることは七瀬の心眼にあきらかだった。

本棚に医学書はたくさん並んでいた。しかし七瀬は誤魔化されなかった。輝夫の心を覗《のぞ》くと、そこには学会内部での彼の地位に関する事柄が大部分を占めていて、しかもそれが仕事に関係した彼の唯一《ゆいいつ》の関心の対象であった。患者のことは、よほど気にかかる症例にぶつかっている際、ほんの少しだけちらちらと見られる程度だった。当然彼は、急患の往診をいやがった。

直子が帰宅した。行きつけの洋装店へ秋のスーツを誂《あつら》えに行ってきたのだが、彼女はそんなことをいちいち夫に告げることはなく、だから輝夫も彼女がどこへ行ってきたのか知らなかった。

直子は無言のまま寝室へ入り、服を着換えはじめた。輝夫は妻のそんな振舞を咎《とが》めだてようとはしなかった。たしなめても厭味《いやみ》なことばしか出てこないことが自分でわかっていたし、何か言えばもっと鋭い厭味が妻から返ってくることもよく知っていた。彼は妻から馬鹿《ばか》にされていた。だが、なぜ馬鹿にされているのか、その本当のところは輝夫にもわかっていなかった。

4DKのマンションなので、夫婦がどの部屋にいようと、七瀬には彼らの意識を好きな時に受容することができた。直子は寝室で着換えながら、さっきマンションの玄関ですれ違い、目礼を交わした隣家の主人のことを考えていた。市川省吾《しょうご》は直子と同い年で三十七歳だった。商店専門の設計士で、輝夫のように肥《ふと》ってはいず、輝夫のように怠惰ではなかった。直子が省吾と会うたびに年甲斐《としがい》もなく顔を赤らめる理由は、省吾の好ましいところすべてが夫のようではないという点にあった。

「ナナちゃんに言っておいたぞ」着換え終ってリビング・ルームへ出てきた妻に、輝夫が声をかけた。「市川さんのところへ行ってくれるそうだ」（つまらん用ばかり、おれに言いつけやがって）

「そう」直子は七瀬の方を向かずにいった。「頼むわね。ナナちゃん」

「はい。わかりました」直子の気持を見定めようとして、わざとゆっくり、意味ありげに七瀬は答えた。

案の定、おや、という表情で直子は七瀬を見た。七瀬はその瞬間の直子の意識を覗くことによって、彼女が自分に、本心から市川家へ手伝いに行ってほしく思っていることを知った。市川省吾と会う機会がふえることを、直子は期待していた。

「お前、市川さんにそうご返事してきなさい」輝夫がまともに直子の顔を見据えてそういった。

彼は妻が隣家の主人に関心を持っていることを知っていた。以前市川氏の精力的な仕事ぶりをしきりに褒めていた妻が、最近急に何も言わなくなったのは、彼女の市川氏への興味が、仕事ぶりを褒める以上のものに発展したからであろうと見抜いていた。彼は妻の反応を見ようとして、言わずもがなのことをわざと重大そうに、しかも妻の嫌う命令口調でいったのである。

「わかってますよ。そんなこと」直子は夫の意図を察して、怒気をあらわにした。

（いっそのこと、今すぐ行ってくるって言ってやろうかしら
（今、省吾さんはいない）

（あとで行った方がいい）

「あとで行ってくるわ」そういってから彼女はすぐ、夫を刺戟《しげき》し返すことにした。「今、ご主人はいないのよ」

輝夫はまた、笑おうとして唇の端を歪めたが、それは笑いにはほど遠い表情にな

った。嫉妬《しっと》らしい感情が一片だけ自分の中にあることを知って、彼はにがにがしくそれを嚙《か》みしめた。

「奥さんに会ったって、しかたないもの」直子は夫の頰の引攣《ひきつ》りを観察しながら追打ちをかけた。それは厄介ごとすべてを自分にまかせようとする夫への当てつけだった。

だが輝夫は逆に、妻のそのことばによってやっと苦笑することができた。(隣家では重要なことをご亭主《ていしゅ》が決める)(ところがわが家ではこの出しゃばり女が)傍らにいる七瀬の耳を気にして、直子は市川夫人を少し褒めることにした。「市川さんの奥さんって、ほんとにおとなしい人ね」輝夫が自分に対して投げつけるべき厭味を、自分の方から口にしてしまったことに気がついた直子は、あわてて台所へ立ち去った。

市川夫人への自分の気持を見透かされたように感じ、輝夫は少しうろたえていた。やがて彼は何も気にする必要はないと判断し、わざと大きくうなずいて見せ、台所へ聞えるように大声であいづちをうった。「まったくだ」

輝夫はふたたび会報に眼を落したが、彼の心はもはや小柄で愛嬌《あいきょう》のある隣家の夫人のことだけで占められていた。大柄で気の強い直子に比べれば市川夫人は輝夫に、より女を感じさせた。彼女は今までに数度輝夫の診察を受けていた。そのたびに輝夫は彼女の白い肌と恰好《かっこう》のよい乳房に魅せられた。輝夫の気持が通じるのか、最近では彼女は次第に肌を出ししぶり頬を染めるようになっていた。人妻が夫の次に親近感を抱く対象は普通かかりつけの医者であるという常識なら、医者である以上輝夫も持っていた。しかし医者であることを利用して彼女の愛情を自分のものにしたいとまで、はっきり思っているわけではなかった。それがあくまでエロチックな空想にとどまるだけのものであることを、彼は承知していた。

夕食後、急患があって輝夫は往診に出かけた。そのあと直子はすぐ隣家へ行き、なかなか帰ってこなかった。輝夫が帰宅してからもまだ戻らなかった。輝夫は不機嫌な表情を隠そうとはしなかった。むろん彼は、「十九歳の女中」である七瀬が、妻に対する自分の嫉妬に気づいているなどとは夢にも思っていなかったのである。

妻の強烈な個性が鼻につきはじめて十数年も経《た》つのに、どうして嫉妬心がふくらんだりするのか輝夫にはよくわからないようだった。彼は自分の性的能力に自信を持っていたし、市川省吾のような色の浅黒い筋肉質タイプの男性は、セックスには比較的淡泊である筈《はず》だという変な確信まで持っていた。

(彼の仕事ぶりに劣等感を持っているのかもしれないな)と、輝夫は思っていた。市川省吾が、さほど儲《もう》からぬ仕事で幾晩も徹夜を重ねたりすることを、彼は妻からも、市川夫人からも聞かされていた。(彼が地位や金のことをあまり考えない、いわば職人気質《かたぎ》の人間であるらしいことに対しても、おれは劣等感を持っているのだろう。きっとそうだ)

直子が戻ると、輝夫は努力して平静を装《よそお》った。直子はそんな輝夫の気持を心の隅では知っていながら、今は省吾とながい問話しあうことができたために浮きうきしていた。彼女はずっと傍らにいた筈の市川夫人のことなど思い出しもしなかった。彼女を無視して、夢中で省吾と話しあっていたに違いなかった。

その夜七瀬は、いつになく激しい夫婦の行為に悩まされることになった。七瀬にあてがわれている小部屋は、夫婦の寝室と、リビング・ルームを隔てて離れているため、声が聞えるということはない。しかし行為に没入しているふたりの意識は常に4DKいっぱいに強く拡《ひろ》がったし、一方七瀬にも相応の好奇心があったから、完全に「掛け金をおろす」ことはできなかったのである。

直子は夫に抱かれながらも、さっき会ってきたばかりの省吾のことを思い出して興奮していた。省吾の印象がなまなましく脳裡《のうり》に焼きついているうちにとばかり、直子の方から夫にせがんだのである。それを知りながら輝夫の方では、しきりに市川夫人のイメージを喚起しようと努めていた。

しかし七瀬には夫婦の上昇曲線の、このいわば奇妙な調和に滑稽《こっけい》を感じるほどの余裕はなかった。性体験のない七瀬にとって高木夫妻の行為とうらはらな意識の自己欺瞞《ぎまん》はただ不潔なだけだった。むろんそれは相手を欺《あざむ》くことにもなる。あちこちの家庭で、こういった夫婦の性行為の際の欺瞞はさんざ見てきた七瀬だったが、それ故《ゆえ》にこそ、単に十九歳の少女の潔癖さ以上のものが七瀬の超自我には強固に形成されていたのである。自分はおそらく、一生結婚しないままで終るかもしれない、と、七瀬はもうだいぶ以前から、そう考えていた。

次の日から七瀬は、身のまわりのものを持って市川家の一室に移った。やはり4DKの市川家も高木家とほぼ同じ間取りで、七瀬にあてがわれた部屋も同じ三畳の小部屋であった。

しかし市川家のリビング・ルームの様子は高木家とはだいぶ違っていた。そこはリビング・ルームというより、むしろ仕事部屋になってしまっていた。応接セットの上も床の上も、建材のサンプルやカタログ、図面や見積書でいっぱいだった。製図用の大きなスチール・デスクと、資料を置くためのサイド・テーブルが部屋の四分の一を占めていた。

市川省吾は下町に新しくできるスーパー・マーケットの建築設計と内装のデザインを依頼されていて、しかもそれに費やすことのできる時間はたった一週間だった。彼は小さな事務所を別に持っていたが、そちらに残っている小規模の仕事は二人の助手にまかせ、彼自身は自宅でこれからの一週間、スーパー・マーケットの仕事だけに昼夜専念しようとしていた。

二、三日市川家の家事を手伝ってはじめて七瀬は省吾の扱い難《にく》さに驚き、省吾の妻の季子が女中を必要とした理由をやっとのみこむことができた。省吾は決して暴君ではなかったが、仕事の進行にさし障《さわ》る事態が生じると必ず大声で怒鳴ったし、食事の時間や睡眠の時間も不規則で、仕事に夢中になっている時は用意された食物に手を出そうとせず、いざ食べようとする時に支度ができていなかったり時間がかかったりするとたちまち不機嫌になった。それは深夜であろうが早朝であろうが同じだった。だから夜間も季子か七瀬のどちらかが起きていなければならなかった。また昼間は午前中から来客が多く、その応対をするため季子も七瀬も寝ているわけにはいかない。交代で寝ようとしても、狭い4DKに電話がのべつ鳴り響くのではうたた寝することさえ不可能だった。

季子はもともとおっとりした性質なので省吾の要求にてきぱきと応じることができず、それがよけい省吾を苛立《いらだ》たせているようだった。

「うすのろめ」そんなことばで彼は妻を罵《のの》ったりした。(高木さんの奥さんを、ちっとは見ならえ)

さすがに彼もそれを口にしないだけの気遣いは持っていたが、季子は彼がそう言いたがっていることを知っていた。省吾と直子の、眼のくらむような知的でスピード感のある会話を、傍らでさんざ聞かされていたからである。しかし自分に直子の真似《まね》ができないこともまた、よくわかっていた。古風で温かい家庭に、ひとり娘として大事に育てられた季子は、決して夫にさからうようなことはなかったが、歳《とし》をとるにつれて短気になっていく夫をもてあまし、今は切実にやさしい愛情を求めていた。だから彼女にとって男性の理想像というのは「高木先生」だったのである。

夫が怒鳴り散らすのは男らしさのように見えて実は女性的なヒステリーなのだと季子は思っていた。それはある意味で正しかった。季子の願う男らしさとは（高木先生のような）（おだやかな、ものに動じない温顔）であり（女性へのいたわりをこめた愛情のまなざし）だった。それも、ある意味で正しかった。

どんな性格の人間にも必ずいい面と悪い面があることは、読心能力者であったためすでにひとかどの人間学者になっている七瀬にはよくわかっていたが、ふた組の男女が、これほどはっきりした形で互いの長所と短所を裏返しに見ている例は珍しかった。

他人に対するどんな誤解や錯覚にも必ず一面の真実が含まれている筈だと、七瀬は以前からそう思っていた。しかしこのふた組の男女がもし仮に組合せを替えた場合、本当にうまくやって行けるのかどうかは七瀬にもわからなかった。もっとひどい状態になるのではないかとも思えた。

（実験してみる価値はある）と、七瀬は思った。（火をつけて観察しようか）

今のままでは、いつまでも同じ状態が続く筈だった。四人の男女の良識が無分別な行動を避けようとする筈だった。だが、それぞれの配偶者に縛りつけられたままでいようとする、建前的な貞操観念ぐらいなら、七瀬がほんの少し、自分の能力を活《い》かして手を加えるだけで簡単に崩れそうな気がした。

そうした工作がふた組の夫婦を悲劇へ導いたとしても、決して自分は罪悪感を感じないだろうと七瀬は思った。いうまでもなく彼女の超自我は常人と違っていた。彼女の倫理にとって、正常な人間たちの「願望」と「実行」の間には大きな隔たりを認めることができなかった。彼らの空想を実現し易《やす》くしてやることは、七瀬にとってちっとも不道徳なことではなく、それはむしろ彼女の中の人間関係に対する清《ピュ》教徒《ーリタン》的な厳しさと、人間探究精神によるものであった。七瀬の心にはまた、「神」も存在しなかったから、彼女が自分の行為を神の行為に置き換え、自分がいかに大それたことをしようとしているかを反省し、畏《おそ》れおののくようなこともなかった。

市川家では家事に追いまくられたが、それでも省吾が仕事に熱中している時ぽつんと暇になる時間もあり、そんなとき季子と七瀬はぼんやり休憩しながら世間話を交わした。季子はしきりに高木家のことを七瀬に訊《たず》ねたがった。むろん七瀬が変な勘ぐりをしないよう遠まわしに訊ねるのだが、心を読めば彼女が高木先生の日常を知りたがっていることはすぐにわかるのである。

「先生はいつも一時から二時までの休診時間に、一階の『ひばり』へコーヒーを飲みに行かれるんです。部屋へお戻りになっても、たいてい奥さんが外出なさってるからですわ」七瀬はその時間にいつも季子が買物に出かけることを知っていたため、さりげなくそう教えた。

季子が胸をときめかせた。さっそく明日、買物を早いめにすませてこのマンションの一階にあるその喫茶店へ行ってみようと決心したようだった。行きさえすれば輝夫の方から声をかけてくるだろうことは季子にもほぼ確実に予想できたし、患者がかかりつけの医者と話しているところを誰に見られたところで疚《やま》しくはないと思えたからである。

(不眠症のことを訊ねよう) そんなことを思って季子は自分に弁解していた。(だって、わざわざ診察を受けに行くほどの重症じゃないんだから) (先生だって、きっとところよく教えてくださる筈) (悪く思われることはないだろう)

いちばん先に火をつけなければならないのは、この季子の心だ、と、七瀬は考えていた。最も火がつきやすいのは直子だから、こっちの方はいつだってかまわないわけである。

その日、夕方の六時ごろ、七瀬は直子がいないことを確かめてから、わざと置き忘れてきていた自分の化粧品をとりに高木家へ行った。医院から戻ったばかりで、ひとりきりだった輝夫が、さっそく七瀬にいった。

「すまんが、茶を沸かしてくれないか」

（そらきた）と、七瀬は思った。

彼は七瀬の口から市川家のことを聞き出したくて、彼女をひきとめようとしているのである。

茶を淹《い》れている七瀬に、輝夫は会報から顔をあげ、今思いついたという様子で訊ねた。

「どうだね。お隣の居心地は」

「はあ。とてもいそがしくて」七瀬は少し疲れた体《てい》を装い、輝夫と向きあってソファに腰をおろした。

「ふうん。そりゃ大変だな」七瀬のお喋《しゃべ》りを促すかのように、輝夫は会報を傍らに置き、湯呑茶碗《ゆのみぢゃわん》をとって底をのぞきこんだ。

「奥さんが不眠症なんです」

「そりゃいかんな。二階の方へ、暇な時にいらっしゃいと言っといてくれ」

「はい」

「来客は多いのか」

「ええ。朝から夕方までずっと。ああ。こちらの奥様もときどき、わたしの様子を見に来てくださいますわ」そういって七瀬は輝夫の嫉妬心をかき立てた。（どうせ奥さんと話をするためじゃなかろう）輝夫は顔をしかめたが、何も言わなかった。（じゃあ、こっちは、あっちの奥さんを食事にでも誘うか）（あの男に会いたくて行くんだ）（しかたのないやつだ）（直子の作ったまずい夕食には、もう閉口した）（レストランで食べてきたと、堂堂と言ってやりゃいいんだ）（しかしあっちの奥さんの方には、夕食に出てくる時間があるのだろうか）

七瀬はすぐ、輝夫にいった。「あっちの奥さん、ほんとにお気の毒ですわ。ぜんぜんご自分の時間がないんですもの」
「ほう。そうか」輝夫はがっかりしたようだった。（彼女が診察を受けにきた時をフルに利用しなきゃならんようだな。しかし、いつのことになるやら）
七瀬はほくそ笑んだ。明日喫茶店で季子と会った輝夫が、その機会を十二分に利用するであろうことは確実だったからである。

七瀬はさらに、市川省吾がややヒステリックに季子を怒鳴りつけるさまを話して輝夫の同情心を煽《あお》ってから、市川家に戻った。多少告げ口めいたお喋りをしすぎた気がしないでもなかったが、輝夫がそれを直子に話すことはない筈だった。

次の日の午後二時過ぎ、季子は色白の頬を上気させて帰ってきた。彼女は高木輝夫と、明日の昼過ぎ、近くのホテルの中にある一流レストランで食事を共にする約束をしていた。輝夫との会話を反芻《はんすう》することに夢中になっている季子の心には、夫に対する罪悪感は少しも見られなかった。むしろ彼女の自我の中には、直子への優越感さえ芽ばえつつあった。おとなしい季子にしてみれば、これは大きな進歩なのではないか、と、七瀬は思った。夫から「馬鹿《ばか》」「うすのろ」と呼ばれることに馴《な》れてしまっていた季子のエゴに、突然ナルシシズムと自尊心が復活したのである。知的で、スタイルがよく、背が高く、しかも自分よりずっと美しいため、自分など足もとにも及ばないと思っていた直子が、急に自分より低い存在に見えはじめ、それと同時に、今までは何とも思わなかった直子の、自分を無視した尊大な態度が思い出されて、そのため一種の復讐心《ふくしゅうしん》らしいものさえ湧《わ》き起っていた。それは今、直子の夫がそれとなく妻への不満を洩《も》らし、それとなく自分を褒めてくれたことである程度満たされはしたものの、まだ決定的な何かが不足しているようにも感じられた。

しかしそうした感情はまだ季子の意識の表面には浮びあがっていなかった。彼女はまだ自分の行動への弁解にいそがしかったからである。

〈(お薬を貰《もら》うついでにお食事するんだものかまわないじゃないの)(その時間でなきゃお会いできないんだし、その時間は先生がお食事なさる時間なのだから)「火田君から聞いたんですが、不眠症ですって」「ええ」(ナナちゃんが自分の方から先生に教えたのだろうか。それとも先生がナナちゃんにわたしのことを訊ねたのだろうか)「それはいけませんな。薬をさしあげましょう」「はあ。でも、いつでも起きられるようにしておかないといけませんの。だからお薬で、ぐっすり眠ってしまっても困るんです」(なんてセンスのない返事をしたんだろう)(せっかくお薬を下さると言ってらっしゃるのに)「ふん。ふん。いや。おいそがしいことも火田君から聞いています。睡眠薬ではなく、精神安定剤ですから大丈夫ですよ」「はあ。ありがとうございます。ご心配していただいて」(あれは皮肉に聞えなかっただろうか)

「奥さんは、おとなしいからなあ。うちの女房なんかと違って」（先生は笑った）（やさしく笑った）（先生はやさしく笑った）（わたしは馬鹿みたいに、うす笑いをしただけだった）「奥さんは、この時間が比較的お暇なんですか」「は。ええ。買物のついでにちょっと」（返事になってなかったわ）（ああ、はずかしい）「この時間は、わたしの休診時間なんですよ。ほんとは診察してさしあげたいんですが」「いえ。お薬をいただくだけで結構です」（なんとまあ、ぶっきら棒な返事）（愛想のない女だと思われたに違いないわ）「じゃあ、明日のこの時間にお薬をさしあげましょう。あ、そうだ。わたしはこの時間に昼飯を食わなきゃならんのですが、よかったら食事につきあっていただけますか。美食することも、安眠のためにはいいですよ」（先生の声は落ちついていた。わたしの返事はうわずっていた）」

会話の反芻と、明日着て行く服のことを考えるのにいそがしい季子は、その日いちにち、ずっとぼんやりしていた。七瀬はそれを興味深く観察した。一方省吾の怒鳴り声は当然いつもより大きくなった。しかし省吾が、いつもとは違った季子の夢見るような目つきに気がつくことはなかったし、心ここにない季子の態度に不審の念を抱くこともなかった。彼は今、不得手の内装デザインにとりかかっていて、そのために苛立ち、そのために苦しんでいた。すでに何週間か、季子との間には夫婦としての交渉も絶えていた。

その次の日、季子は昨日よりも顔を上気させ、昨日よりもさらにうわずった気分で帰宅した。いつも彼女の心の大半を占めていた家事に関する些細《ささい》な事柄は、すでに一片も見ることができなかった。「高木先生」とホテルのレストランで交わした会話の反芻だけが彼女の意識を占領していて、彼女の意識野いっぱいに高木輝夫の丸い顔がさらに大きくふくらんでいた。

ホテルのレストランを出る時、受付の男から、ルーム・ナンバーを訊ねられて二人がどぎまぎしたことを、季子はぽっと心に熱く火を点《とも》しながら思い返していた。そのホテルの一室に宿泊している夫婦だと思われたのである。

(もし高木先生とわたしが夫婦なら)(もしわたしたちがあれから、ホテルの一室へ戻ったとしたら)

季子はそこまで考え、また胸をひとりでに熱くした。自分の空想に興奮し、うろたえ、急に立ちあがって膝《ひざ》を卓袱台《ちゃぶだい》のかどにぶっつけ、茶碗をひっくり返したり、だしぬけに空想から醒《さ》めて、あわてて周囲を見まわしたりした。

いよいよ本物だわ、と、七瀬は思い、少しおかしくもあり、そしてまた季子が少し哀れでもあった。季子には恋愛の経験がまるでなかったらしく、彼女は自分の心理状態に自分でまごついているようなところがあった。

(また明後日《あさって》、食事に誘われた)(これが続いてほしい)(続いたら)(続いたらどうなるかしら)(ホテルの部屋に誘われることになるかしら)(高木先生がわたしにそんなことをするかしら)輝夫との性行為を空想し、季子は簡単に眼をうるませていた。

(不貞)ということばが浮ぶたびに、季子はそれをいそいで心から追い払っていた。たとえ性行為に発展しなくても、どこからが不貞になるかは本人の気持次第だと、以前から季子は思っていた。古風な考え方の季子の良識によれば、夫に黙って他の男性と食事するだけでも不貞になる筈《はず》だったが、にもかかわらず、彼女は(やさしい高木先生)との交際にかぎって、不貞などというものからは程遠いという気がしていた。さらに(高木先生)との性行為を想像してさえ、それは不貞とか姦通《かんつう》とかいった汚ないことばからは無縁の、まるでこの世の行為とは思えぬ甘美な、別世界の行為の如《ごと》く感じることができたのである。そう感じはじめたことがそもそも不貞のはじまりなのかもしれぬということを季子は、考えてみようとも、気づこうとさえもしなかった。

七瀬が市川家に来てから一週間が経《た》ち、市川省吾の自宅での仕事は一段落した。七瀬はまた高木家へ戻ることになった。

「ご免なさいね。疲れたでしょう」今まで十九歳の小娘如きは相手にもしなかった直子が、いやに馴れなれしく七瀬をいたわった。「少しのんびりしててもいいわ」

彼女の下心は読まずともわかっていた。

七瀬は遠まわしに訊《き》かれるよりも先に、彼女の知りたいことをずばりと答えてやった。

「ご主人は明日から、現場入りだそうですわ」

「あら。事務所じゃないの」直子は少しがっかりしたようだった。事務所へ遊びに行こうと考えていたからである。「現場っていったって、スーパー・マーケットの方はまだ基礎工事中じゃなかった」

「いいえ。そっちの現場じゃなく、すぐそこの三丁目にできる大きな洋品店の方です。もうすぐ完成だそうです」

「あら。あそこの工事も市川さんの設計だったの」

七瀬も前を通りかかったことのあるその現場は、すでに店内装飾が始まっているため、店の前に立てば工事中の店内がひと目で見わたせる。

直子は心の中で舌なめずりをしていた。むろん、通りすがりに寄ったことにして、省吾を誘い出すつもりなのである。ただ、彼女が省吾を昼食につれ出そうと空想している場所は、彼女の夫が市川夫人と昼食を楽しんでいるのとまったく同じホテルの同じレストランだったので、七瀬は少なからずスリルを味わうことになった。もしかしたら、ふた組の男女がレストランでばったり出会うことになるかもしれない、と、七瀬は思ったが、そうなればそうなったでかまわないではないかとも思った。それをきっかけに、ふた組の男女の行動が急に大胆になることも考えられたし、逆に大喧嘩《おおげんか》だけであっけなく終ってしまうことも考えられた。どちらにしろ、七瀬にまで飛ばっちりがくることはなさそうだったし、どのような局面も、それはそれで興味深いものになる筈だった。

輝夫の方はもはや七瀬に、市川夫人のことを何やかや訊ねようとはしなかった。始終彼女のことを思い返しては、自分に気のある様子がはっきりうかがえる彼女の態度を反芻していい気になり、胸の中でにやけて見せ、そして一種の自己満足に浸っていた。何度も何度も、くり返し市川夫人を空想で裸にし、交わった。具体的で卑猥《ひわい》な空想だった。男性のそういった空想には馴れている七瀬でさえ思わず眉《まゆ》をしかめるほどみだらなイメージが多かった。

彼のにやにや笑いは時おり表情にまで出たが、直子がそれに気づいたことは一度もなかった。市川夫人に会うようになってから輝夫はお洒落《しゃれ》になっていたが、それでも、夫を馬鹿にしている直子がそれに気づくことはなかった。

次の日、つまり輝夫が季子と昼食の約束をしている日の昼前、直子はいそいそと省吾のいる工事現場へ出かけた。直子に誘われた省吾が、自分の知っている店へ行こうといい出さない限り、ふた組の男女がホテルで顔を会わせるだろうことは眼に見えていた。

リビング・ルームでひとりぼんやりしていた七瀬に、直子から電話がかかってきたのは午後二時きっかりだった。

「もしもし。ナナちゃん。あたしよ」いつもの、はきはきした口調をとり戻そうと努めてはいたが、そのとり乱しようは眼に見えるほど正確に伝わってきた。「うちの人、そっちへ戻らなかったかしら」

夫のその後の動きを探るために電話をかけてきたらしい。電話越しに彼女の意識を読むことはできなかったが、彼女と省吾がレストランで輝夫たちに出会ったらしいことはほぼ確実だった。七瀬は四人が立ちすくんでいる光景を想像して吹き出しそうになった。

おかしさをこらえながら、彼女は答えた。「いいえ。お戻りになりませんでした。この時間なら、診察室の方へお戻りだと思いますけど」

「わかってるわよ。そんなこと」いらいらした口調でそういい、直子は叩《たた》きつけるように受話器を置いた。

あの調子では当然、省吾ともうまくいかなかったに違いない、と、七瀬は思った。馬鹿にしていた夫と、馬鹿にしていた市川夫人との発展ぶりを見せられて、おそらく省吾のことなどどうでもいいほどショックを受けたに違いなかった。輝夫たちに触発されて、省吾との仲がより進展するなどということは、まず考えられなかった。

二、三分ののちに、今度は輝夫から電話がかかってきた。

「もしもし。ああ。わたしだがね」声が顫《ふる》えていた。「直子は戻ってるか」

「いいえ。まだお戻りではございません」

「へえ。あ、ああ、そう。どうも、ありがとう。うん」

彼もすぐに電話を切った。うろたえ、おどおどし、季子の前で醜態を演じているに相違なかった。もちろん季子の方にしたって、輝夫のことなどどうでもいいくらいあわてふためいていることだろう。そのあわてかたは、輝夫の比ではない筈だった。

出会った場所が悪かった、と、七瀬は思ってくすくす笑った。ホテルの中だから、互いの関係を疑おうとすればいくらでも疑えるわけである。

輝夫はそのまま診察室の方へ行ったらしくて、先に帰ってきたのは直子の方だった。彼女は嫉妬《しっと》に身を焼いていた。今まで夫への嫉妬などとは無縁だった直子も、夫の相手が市川夫人であったという事実によって、腹立ちも吹きとんでしまうほどの激しい嫉妬に燃えあがっていた。夫が見知らぬ女と浮気したのであれば、おそらく彼女は嫉妬など感じなかったに違いない。

（あの女、心の中じゃ今までわたしを馬鹿にしていたに決っているわ）

なぜか直子は、夫と市川夫人との交際がもう相当長く続いているに違いないと早合点していた。そしてもちろん彼女は、夫と市川夫人との肉体関係も確信していた。(いつも休診時間に、彼女とホテルで情事に耽《ふけ》っていたんだわ)そのシーンを空想し、彼女はまた逆上したようだった。七瀬が何をいっても、もはや返事する余裕さえ失っていた。七瀬の手前、家事に打ちこむふりをしようとするのだが、眼はともすればうつろになり、手は始終顫えていた。彼女の意識に、省吾の顔はまったく浮びあがってこなかった。自分の妻に出会った直後から掌《てのひら》を返すように不機嫌になって黙りこんでしまった省吾のことなど、もう眼中にはなかった。直子は、出てこようとしていた輝夫たちにばったりレストランの入口で出会った時の、その瞬間の夫のうろたえぶり、市川夫人の蒼《あお》ざめた恐怖の表情だけを、何度も思い返していた。

(ふたりの、あのおびえかたは絶対にただごとではなかった)(あれは情事が終ったあとだったのかしら)(それとも、あれからホテルの部屋に行って)(どうせ見つかったのだからと、度胸を据えて)

ひくひく、と、直子の頰が引き攣《つ》った。

何をしているかわからなくなってきたため彼女は家事をあきらめ、リビング・ルームへ行ってソファに腰をおろし、煙草《たばこ》をたてつづけに喫《す》いはじめた。

（夫が戻るまでに落ちついていた方がいい）（何ていってやろうかしら）（あいつは、なんていうかしら）（こっちにも弱味が）（あっちも、わたしたちのことを疑っているだろうから）

黙っていた方がいいのではないか、と、直子は考えはじめていた。夫から馬鹿《ばか》にされたくはなかったため、ただ彼の顔を見てにやにや笑うだけにとどめればどうかと思いはじめていたのである。

（嫉妬をむき出しにして先に怒鳴った方が負け）（彼もおそらく、にやにや笑うだけだろう）（こちらのことを疑うなら、むしろ疑わせておいた方が、対等の立場に）（馬鹿にされずにすむ）（何も喋《しゃべ》らないで、にやにや笑っている方が）（その方が）（何も訊《たず》ねない方が）（その方がいい）

紆余《うよ》曲折の末、直子が夫に対して自分のとるべき態度をやっと決定したのはもう夕方だった。

輝夫が帰宅した。

彼はあきらかに、おびえていた。もちろんいざ妻が逆上して突っかかってきた場合、あべこべに言い返してやろうとするだけの心の準備はしていた。しかし、口論となり、大喧嘩になった時、妻を言い負かすだけの自信はまったくなかった。見せかけの上品さが身についてしまっている彼にとって、女と大声で口論するぐらい気の重いことはなかったのである。

またその一方では、彼はどうしようもないほどの妻への激しい嫉妬で興奮していた。その嫉妬は不思議なことに、彼のリビドーと渾然《こんぜん》一体になり、妻への焼けつくような性的願望にまで高まっていた。

輝夫の場合は、季子に対するはっきりとした幻滅感があった。夫に出会った直後、季子はめそめそと泣きはじめたのである。一時の気まぐれにもせよ、なぜあんな子供みたいなたよりない女に関心を抱いたのかと、輝夫は自分のうろたえぶりを棚にあげてそんなことを思っていた。

七瀬の想像では、相手をたよりないと思った点ではおそらく季子の方でも同じか、それ以上の筈だった。きっと輝夫は、自分の混乱を整理することだけにけんめいで、泣き出した季子をただわずらわしい存在とだけ感じたに違いなく、彼女に対していつもの優しい心づかいを見せる余裕など完全になくしていたに決っているのだ。

輝夫と直子は顔を見あわせ、同時ににやりと笑って顔をそむけあった。

(やっぱり、そうなんだわ)

(そうか。やっぱりあの男と)

女中の眼の前での派手な喧嘩だけはどうにか避けられそうだと思って安心した途端、ふたりはまたもや互いへの猛烈な嫉妬に襲われて、相手の姿をちらちらと盗み見ながら、それぞれの蒼白い妄想の中へ没入しはじめていた。

(あの女《ひと》、味がいいのかしら。わたしより)

(あんな男に、おれ以上の性的能力があるとは思えないのだが)

(あっちは、わたしより小柄だから)

(もしかすると、あの男はすごいのかもしれんぞ)

(貞淑そうな女ほど乱れるっていうから)

(こいつ、おれとの時には出さないようなはしたない声を、あの男に)

(どの程度、あの女に溺《おぼ》れてるのかしら)

(どんな恰好《かっこう》をするのか)

（今日、寝てきたのかしらん）

（どこかに痕跡《こんせき》を残しているかもしれんぞ）

そして夫婦は、そういったことを互いにことばで確かめあうことができなかった。先にそれを訊ねた方が馬鹿にされてしまうのである。夕食の時も、食後も、夫婦はテレビを眺め続けるばかりで、互いにひとことも喋らなかった。相手が逆上することを勘定に入れた場合、何か喋り出すのは、特に七瀬の前で何かを喋り出すのは危険だった。また、相手が何かのきっかけを待ち受けているかもしれなかったから、どんな内容であれ、先に喋り出すことにもやはり大きな危険が伴っていた。夫婦は無言だった。いつまでも、夫婦は無言だった。そして、寝室で夫婦がふたりだけになっても、それはやはりことばで確かめあうことはできないことだったのである。それを確かめあう方法は夫婦の間にひとつしか残されていなかった。互いの肉体を利用して確かめあうという方法だった。

その夜七瀬はまた、寝室から流れてくる夫婦のエロチックな意識に悩まされることになった。実際に眼で見ていなくてさえその夜の夫婦の営みは今までにないほど激しいものであることがわかった。嫉妬が、互いへの嫉妬が、互いの情事の相手への嫉妬が、あきらかにふたりの性衝動に高まりをあたえていた。それは、互いの情事の相手に対する挑戦でもあったし、何よりもそれは互いの肉体を責めあい互いの肉体に衝撃と疲労とをあたえることによって行う一種の復讐《ふくしゅう》だった。

（そうか。そんな声を出したというのか）

（そうなの。そんな具合に激しくあの女の髪を摑《つか》んだのね）

夫婦は自分の空想の正しさを確かめあい、そうすることによって、より激しく燃えあがっていた。

（あの男に、こうはできまい）

（舌を）

（そうなのか。そうなのだな）

（今、あの女のことを考えながらわたしと）

（あの男の汗）

（足を。こうして）（あの女）

（あの男）（あいつのことを考えている）

（あの女のことを考えられないほどにしてやるわ）

（ずたずたにしてやるぞ）

「もっと」（ぼろ切れみたいになるまでは、離れてやらないわ）

（あんな男には）

「ああ。あ」（あの女にだけは負けられないわ）

一瞬の歓喜と自我の崩壊。閃光《せんこう》。吐息。汗汗汗汗汗。虚脱感の中で顔を見あわせての照れ臭さと苦笑。

しかし夫婦は、愛をとり戻していた。それはまた、まことに夫婦らしい愛であるともいえた。そして彼らは互いにそれを感じ、相手を夫として、妻として、認めはじめていた。今までの彼らの意識にはなかったものだった。もはや互いを無視したり馬鹿にしたり怖《おそ》れたりする気持はすっかり失われていた。

負けたわ、と、七瀬は感じた。

夫婦の結合を、とけそうになっていた夫婦の結びつきを、七瀬がより緊密にしてやったようなものであった。多少のデテールの相違こそあれ、隣の市川家でもきっと似たようなことが行われつつあるに違いないと七瀬は信じた。まだまだわたしにはわからないような、複雑な心的機構が人間の中にはある、と思いながら、七瀬は苦笑し、掛け布団《ぶとん》に顎《あご》を埋《うず》めた。

実験が思ってもみなかったような結論を導き出してしまったということは、たしかに七瀬の敗北ということになるのかもしれなかった。では自分は何に負けたのだろうか、と、七瀬は考えた。愛、などというものではなかった。もちろん偉大な夫婦愛といったものでもない。道徳や倫理や良識に負けたのでもなかった。そうだわ、わたしは中年の無意識的な狡猾《こうかつ》さに負けたのだわ、と、七瀬はそう思った。断ち切れそうになった夫婦の絆《きずな》を守るためになんでもかでも、不貞という互いの過失をさえも性衝動を高めることに利用しようとする中年男女の貪欲《どんよく》さ、性行為の激しい歓《よろこ》びに浅ましく執着しようとする中年男女のあがき、やはり自分にはこの相手しかいないのだということをなんとかして自分に納得させようとする倦怠期《けんたいき》の中年夫婦の、一夫一婦制という社会道徳への無意識的な心的規制と都合のいいすり替え、そして何よりも繁栄と平穏と余暇と満ち足りた栄養の中で育《はぐく》まれた中年男女の、そのはげしい情欲のはけぐちを求めようとする心理に彼女は負けたのだった。

翌朝、買物に行こうとしてマンションの廊下へ出た七瀬は、かいがいしく腕まくりをして廊下に面したドアを水で洗っている季子に出会った。彼女の眼の下には夫に殴られてできたらしい大きな傷があった。しかし彼女は、今までになく幸福そうな表情をしていた。

日曜画家

「竹村さんって、絵描きさんの竹村天洲《てんしゅう》さんのことでしょ。その家なら、あのガソリン・スタンドのちょうど裏ですよ」

竹村家の所在を訊《たず》ねた時、商店街のはずれにある電気器具店のおかみがそういって教えてくれたので、七瀬は首を傾《かし》げた。紹介者からは、竹村家の主人の天洲が商事会社の経理課長をしている平凡なサラリーマンだと聞かされていたためである。今流行の日曜画家なのだろうかとも思ったが、それにしては竹村天洲という名があまりにも絵描き然としすぎているし、近所から画家として認められているらしいことも不自然であった。

竹村家は、広い敷地の中に、古い母屋《おもや》がひと棟、けばけばしい色のペンキを塗った離れがひと棟、さらに門の前に立って庭の奥を覗《のぞ》けば、ガソリン・スタンドの建物と背中あわせにアトリエ風の洋館が建っているという不調和な外見の家だった。表札に「竹村天洲」としか書かれていないところを見ると、やはりそれが主人の本名なのに違いなかった。

「ああ。高木さんからの紹介。ああ、お手伝いさん。あなたが。ああ、そう、火田さん。あなたがお手伝いさん。そう。聞いてるわ。ああ、そう」

竹村家の主婦の登志《とし》は、まるで七瀬に喋《しゃべ》らせまいとしているかのように、自己紹介する彼女のひとことひとことへ大仰な相槌《あいづち》を返し、なおも「お手伝いさん」を連発しながら七瀬を客間に案内した。登志はいかにも我の強そうな顔立ちをした痩《や》せぎすの女で、七瀬にはすぐ、彼女の性格も容貌《ようぼう》そのままなのを見抜くことができた。七瀬はあきらめの吐息とともに、この家でもまた、ひどく傷つけられ、そしてそれ以上に深く誰かを傷つけることになりそうだと思った。

「以前はね、女中さんがいたの。以前といってもね、主人のお父さんが生きてらした頃だけどね。それで前から女中さんにね、お手伝いさんに来てほしかったんだけど、いろんなこと、聞くでしょ。ほら。最近の若い女中さんがね、お手伝いさんが、ぜいたくになってね、家族同様の待遇だとかね、それから洋裁学校とか、そんな注文するって話、さんざ聞かされてたから、二の足踏んでたのよ。でもね、高木さんの話じゃ、あなたはそんなことないっていうから。それに、この家もね、だんだんいそがしくなってきてね」

登志は七瀬とまともに向きあったまま、竹村家へ住み込めることを誇りに思えといわんばかりの口調で喋り続けた。いちど「女中さん」といってから「お手伝いさん」と言い直すのも意図的だった。彼女の心を覗くまでもなく、あきらかに登志は七瀬をおびえさせ、威圧しようとしていた。

（家族同様の待遇なんて絶対にしないから）（女中は女中だからね）（身分の上下ははっきりさせとかなくちゃ）（竹村家の格式が保てない）（名家なんだから）（旧家なんだから）（でも、そんなこと説明したって、どうせこんな若い子にはわかりゃしない）（ほんとに最近の若い女の子は）

登志は七瀬が表情を変えないのでよけい苛立《いらだ》ち、自分の勝手な想像で、七瀬が代表する「最近の若い女の子」への反感をますますつのらせていた。

（まだ黙ってるわ）（それじゃ不満だとでもいいたいのかしら）（膨れっつらをして

いるつもりかしら）（それとも知能が遅れてるのかしら）

「あのう」黙っていてはますます誤解が大きくなるばかりだと判断し、七瀬ははじめて質問した。「さっき、そこの電気屋さんでこのおうちへの道順を訊ねました時に、ご主人が絵を描いてらっしゃるって伺ったんですけど」

「ああ」

登志は、七瀬が十九歳という年齢に似合わぬ筋道立った喋りかたをするのにはじめて気がつき、少しうろたえながらも、その質問には苦笑を返した。それは複雑な苦笑だった。登志は夫の天洲が多少は名の知られた日曜画家であることを、世間的には誇りにしている一方、彼の絵が彼の父親の竹村熱沙ほどうまくはなく、彼が父親のように有名な画家として独立できないことを馬鹿《ばか》にしてもいたのである。それどころか、いつまでもアマチュア画家の域から抜け出ることができず、彼女自身の期待を満たしてくれない天洲を憎んでさえいた。

「ふつうの日は会社へ勤めてるの。絵を描くのは日曜だけよ。お父さんが有名な日本画家だったのに、あの人はわけのわからない油絵ばかり描いていて、絵が売れないものだから、それで会社なんかに勤めてるの」

「会社なんかに」というところで登志は鼻に小皺《こじわ》を寄せた。しかしすぐ、現在も竹村家が名家であることに変りはない事実を教えておく必要があると思い返し、いそいでつけ加えた。

「それでも主人だって、一応は名が通ってるの。去年だって新聞の連載小説に挿絵を描いたのよ」その新聞が名もない地方紙であることを、もちろん登志は言わなかった。

登志の意識を覗いたかぎりでは、天洲がどういう人物なのか七瀬にはわからなかった。

(芸術家気質《かたぎ》)(お人好《ひとよ》し)(融通のきかない)(絵のことしか頭にない)(世間知らずの)などということばが登志の心にちらちら見えていたが、それをそのまま信用するわけにはいかない。

「天洲」というのは、やはり本名だった。自分の跡を継がせるつもりで父親がそんな名をつけたのだろうと想像できた。もっとも、どうやら抽象画が専門らしい油絵画家にはあまりふさわしくない名前である。

「家族が少ないから、あなたも楽よね。あと、克己《かつき》がいて、あそこの離れにいるけど、あそこでは寝たり、友達とマージャンしたりするだけよ。家族はそれだけなの。三人なの。だから楽よね」(お給金が高すぎたわね)

「だんだんいそがしくなってきて」という、さっきのことばとはうらはらに、登志は何度も家事が「楽である」ことを強調した。事実そうだろう、と、七瀬は思った。登志が天洲の意見も聞かず女中を求めたのは、名家としての世間体を復活する為《ため》だった。よほど見栄《みえ》っぱりで、しかも負けず嫌いなのに違いなかった。それはまた、昔「竹村画伯の家へきたお嫁さん」だった頃にちやほやされた記憶が、それから二十数年経《た》つ今もまだ彼女の中になまなましく残っているからでもあったろう。

七瀬にあてがわれた部屋は、それまで物置にでも使われていたらしい押入れつきの暗い二畳間で、布団《ふとん》を敷くだけがやっとの広さだった。今まで住み込んできたあちこちの家庭と比べれば待遇はいちばん悪く、机や電気スタンドさえ貸して貰《もら》えそうになかった。登志が若奥様だった時代の女中たちは、きっとこのような待遇に甘んじていたのだろう、もしわたしでなければ、今の若いお手伝いさんなら、ぷっと膨れてすぐ出て行くところだろうなどと、手荷物を整理しながら七瀬は思った。

来客があるわけでもなく、洗濯物がたまっているわけでもなく、だからその日は、登志に教えられながら夕食の支度をしてしまうと、ほとんど七瀬のするべき家事はなかった。天洲が会社から帰宅したのは午後の六時過ぎだった。

天洲は中肉中背の、いつも薄笑いを浮べているような表情をしたおだやかそうな男で、登志よりは十歳も年齢が上だった。その癖あきれたことには、彼は女中を雇うことについて登志から、本当に何も聞かされていなかったのである。

茶の間の入口でぽかんと突っ立ったまま七瀬を見おろしている彼に、登志が荒い声でいった。

「何よ。突っ立ってないでおすわりなさいよ」（文句なんか言わさないわ）「今日から家で働いてもらうの。お手伝いさんのナナちゃんよ」

「え」さすがに天洲は少しおどろいたようだった。

当然、彼が何か異議を唱えるだろうと七瀬は予想した。「その必要があるのか」あるいは「経済状態がお手伝いなどという贅沢《ぜいたく》を許すまい」あるいは「なぜひとことおれに相談しなかった」あるいはそれに類することばが、極めて柔らかな表現で彼の口から出てくるものと思った。たとえどんなにおとなしい夫であっても、一家の主《あるじ》として、せめてそれくらいのことばはあって当然だと思えた。だが天洲は無言だった。それは、口を出させまいとして登志が彼の顔を強く睨《にら》みつけているからではなかった。逆に彼は、自分にまったく理解できないものを見る目で、妻の顔をまじまじと眺め返したのである。

七瀬は卓袱台《ちゃぶだい》に向って正坐《せいざ》したまま、心ではいそがしく天洲の心理をまさぐっていた。彼女は少し驚いていた。そのように奇妙な意識の働きを見るのは初めてだった。

天洲の意識野に映じていた登志の顔が、たちまち、押し潰《つぶ》されるようにぐしゃりと平たくなった。そしてそれは四隅だけが鋭角になったダーク・グリーンの長方形に変形した。その長方形には眼も鼻も口もなかった。しかし、登志が何か喋るたびにその横長の長方形の尖《とが》った四隅のどれかが微妙に顫《ふる》えるため、その図形が依然として天洲の内部では登志を意味していることがわかるのだった。

抽象化能力の点ではいわば専門家ともいうべき抽象派画家の意識を覗くことは、七瀬にとって初めての経験だった。だが、すべての抽象画家の意識構造が天洲と同じだとは思えなかった。天洲の心に描かれたその図形はいつまでたっても、もとの登志の顔に戻ることはなかった。それどころか、彼が卓袱台の前に尻《しり》を据えて夕食を食べはじめるにつれ、彼の眼に映るさまざまな物体はすべて幾何図形と化していった。たとえば茶碗《ちゃわん》は、クローム・イエローをホワイトの太い線で縁どりした梯形《ていけい》であり、長方形の皿にのった煮魚は、茶系統の色で塗りわけられた亀甲《きっこう》模様だった。彼はいわば放心状態のままで食事をしていた。七瀬を住み込ませたいきさつを喋り続ける登志のことばも、彼の中ではことばとしての意味をなさず、その登志の声は彼の意識野全体の色彩の、ごくわずかの変化でしかなかった。したがって天洲の心には、七瀬がいくら観察しても、嫌悪《けんお》とか憎しみとかいった登志への反感は、まったくうかがえなかったのである。

「また、ぼんやりして」(いつもの癖がはじまった)「あんた、聞いてるの」(超然としたふりを)(芸術家ぶって)(能なしのくせに)

苛立った登志が憎しみをこめて無表情な夫の顔を強く睨んだ。それでも天洲はもくもくと食べ続けた。そんな彼の様子は、一見まるで外界の変化にいっさい興味を示さない精神分裂病の無感動症状のようでもあり、一種の自閉症のようでもあった。しかしそうでないことは、七瀬はもちろん、登志もよく承知していた。それは外界の、意図的な遮断、計算された締め出しだった。

「ふん。聞えないふりをしてさ」(都合の悪い時とか、面倒臭い話になると、すぐに聾のふりをする)「相手にしてられないわ」

吐き捨てるようにいってから、登志はあきらめてやっと喋るのをやめた。七瀬のような読心能力を持たぬ彼女は、天洲の心の中にどんなイメージが拡《ひろ》がっているか、もちろん知らない。だから彼女が天洲の沈黙を敵意の表現だと解釈しているのも当然だった。外部に渦巻く自分への反感から身を守るため、視覚的外界を抽象的イメージに変えてしまうなどということは、およそ登志などには想像もできないことだろう。

これはひとつの才能だと思って七瀬は感心した。おそらく天洲の自我は、繊細でナイーヴな傷つきやすいものであるに違いなかった。彼は決して、登志が思っているように「芸術家ぶっている」のではなく、むしろけんめいに自分の芸術家としての純粋さを失うまいとして自分を守っているに相違なかった。そのためにこそ彼が身につけた防衛手段なのだろう、と、七瀬には想像できた。七瀬は天洲に同情し、そんな才能をひとりで自分の中から発掘した彼をいささか尊敬した。

傷つきやすい天洲が、妻の俗物性から今までさんざ傷つけられてきただろうことは容易に想像できたし、昼間の会社での対人関係の心労や、有名な日本画家の父親を持ったための苦労、周囲の大きすぎる期待や無理解や揚句の果ての身勝手で大袈《おおげ》裟《さ》な失望などが彼にあたえた傷も、彼にとっては決してなまやさしいものではなかった筈《はず》である。彼がその防衛手段をいったいいつ頃から身につけたかはわからないが、その特異な能力を彼が自分で開発するまでには、彼の芸術家気質への無数の攻撃があった筈だし、だから彼にしてみれば、周囲を視覚的に抽象化してしまう作業能力も、攻撃を受けるたび知らずしらずのうちに、自然に形成したのかもしれなかった。

これは、芸術家という人種を過大評価し、共感を覚えている自分の感傷だろうか、と、七瀬は内省してみた。しかしそれ以外の説明は思いつかなかった。自分の中へなだれこんでくる敵意に満ちた他人の心を締め出したくなることは、七瀬にも常にある。だから天洲の能力が七瀬の興味を大いに惹《ひ》きつけたのである。

登志が、また喋りはじめた。天洲が沈黙すればするほど尚《なお》さらことばで彼を傷つけたいという嗜虐性《しぎゃくせい》が、それまでの七瀬への遠慮を退けたようだった。

「お手伝いさんを雇ったんだから、あんたにももっと、売れる絵を描いてもらわなくっちゃ、ね」（そんなこと、そっちの勝手にやったことだから、おれは知らないって言いたいんだろうけど、そうは言わさないよ）（ひとことでも文句言ったら、ぎゃんぎゃん言い返してやるから）

登志には、自分の無茶で独断的な主張に対する相手の反論を、相手がまだ何もいっていないうちから勝手に想像してひとりで興奮し、逆上してしまう癖があった。しかも彼女にとっては、反論以上に天洲の沈黙が癇《かん》にさわるのである。封じられた攻撃欲が彼女の内部に渦巻いていて、それは今や爆発寸前になっていた。無視されることは、登志にとって最大の侮辱だった。はっきりとことばで自覚しているわけではないが、それはいわば自分の虚栄心を夫から指摘され、軽蔑《けいべつ》されているように感じるからだった。

彼女の判断力の中から七瀬という第三者が消えた。箸《はし》を持つ手がはげしく顫えた。憎悪とともに彼女は鋭く叫んだ。「なんとかいったらどうなの」目尻が吊《つ》りあがっていた。

天洲の心の視界にある図形が点滅した。危険信号だった。何か返事しなければならないのだ。

天洲はゆっくりと顔をあげ、眼の前の疑似長方形をぼんやりと眺めながらうなずいた。

「うん。うん」

「何がうん、うんですよ」登志は唇を歪《ゆが》めた。（こんな馬鹿に、無視されてたまるものか）

彼女は芋の煮ころがしをひとつ、歪めた口の中へ抛《ほう》りこんだ。あれだけ腹を立てていながらよく食事ができるものだと思い、七瀬はまた感心した。

登志の攻撃がやや弱まったと見て、天洲はふたたび機械的な食事の動作に戻っていた。沈黙が登志の怒りをかきたてることは、当然彼もよく知っている筈だったが、なまじ妻に反論して、より鋭いことばを返され、そのくり返しの結果ずたずたに傷ついてしまうよりは、初めから何も聞かず何も言わないに越したことはないわけである。ことばでの争いが、互いを果てしなく低次元へひきずり落しあい、底知れぬ憎悪の坩堝《るつぼ》で責め苛《さいな》みあうことになるのを、天洲は何度かの経験でよく知っているにちがいなかった。

透明な意識とは、こういう状態のことをいうのだろうか。達観している人間というのはあるいはこういう人のことをいうのだろうかと、七瀬は思った。少なくとも彼女は天洲に会ってはじめて、それに最も近い状態の人間を見たことになる。なぜなら七瀬は今までに、聖人君子という世評を得ている人物たちの内心の醜悪さをさんざ覗《のぞ》いてきたからである。

天洲への好意と尊敬の念が急速にふくれあがってくるにつれ七瀬は、天洲の意識内では自分がどのように形象化されているか知りたくなった。食事しながらのながい観察の末、自分が天洲の意識野の地平近くでごく小《ち》っぽけな白い点として存在しているに過ぎないことがわかった。七瀬は少しがっかりし、同時に少しほっとした。白という色が天洲の好意のあらわれであることを、他の幾何図形の色彩から充分類推することができたからである。

夫婦の食事が終り、七瀬が食器を台所へ運んでいる時、一人息子の克己が茶の間へ入ってきた。背が父親よりもやや低い上に瘦《や》せぎすで、物ごとすべてを小馬鹿にするような笑いを浮べているその口もとに、どすぐろい卑《いや》しさが漂っていた。意識内を一瞥《いちべつ》しただけで、彼が母親の攻撃的で自己本位な性格をそのまま受け継いでいることが七瀬にはわかった。七瀬にとって克己は、どうやら登志以上に危険な存在だった。彼は七瀬の存在に気づくと同時に彼女のからだを好色の視線で見つめはじめていた。彼の意識からは男性の、生理的な、あるいは性的な分泌物《ぶんぴつぶつ》の臭気が立ちのぼっていた。克己は七瀬が特に嫌いなタイプの意識構造を持っていた。

「誰だい」克己が七瀬を顎《あご》でさし、にやにや笑いながら卓袱台に向った。「お手伝いさん、雇ったのか」

「そうだよ」あいかわらず天洲への腹立ちから脱《ぬ》け出せないでいる登志が、うわの空で答えた。

「美人だな。お手伝いにはもったいないみたいだな」

克己はけんめいに七瀬の視線を捕えようとしていた。眼に自信があるようだった。攻撃的な性格が目つきにあらわれて鋭くなっているため、それを魅力的に感じる女性もいるのだろうと七瀬は思った。そんな彼の眼を見たくなかったので七瀬は、食器を片づけながら俯向《うつむ》いて微笑するだけにとどめたが、その微笑を作るのにさえ大変な努力が必要だった。

（この女がいちゃ、金の話ができなくて困るな）克己は登山に行く金を両親からせびろうとしていた。（お手伝いを雇う金があるんなら、どうしておれに寄越さない）

（また、おふくろの虚栄心か）

だが克己は黙っていた。彼は母親と共謀して父親に「売り絵」を描かせた方が有利だと計算していた。

「お茶漬でも食べるかい。どうせもう、友達と何か食べてきたんだろうけど」登志が息子にそういった。彼女も克己を味方にしようとしていた。

「ああ。貰《もら》うよ」

「ナナちゃん。お新香《しんこ》出して」

「はい」

克己の夜食の用意をはじめた七瀬に、ふたたび克己の視線が向けられた。（どうしてこんな綺麗《きれい》な子が、お手伝いなんかやってるんだ）

克己の不審の念を感じて、七瀬は不安に身をひきしめた。

少し以前から七瀬は、最近急に女らしくなってきた自分のからだつきに、いくかの危険を感じはじめていた。男たちの眼をひきつけるに充分な美貌《びぼう》を自分が備えはじめていることも、ぼんやりと自覚していた。できるだけ地味な服装をし、もちろん化粧もせず、子供っぽい髪型もそのままにしていたのだが、もはやそれだけでは隠しきれなくなっているにちがいなかった。高校出の美貌の娘が、なぜお手伝いなんかにという疑問は、世間一般の求人難を知っている者なら当然誰でもが持つ筈である。それが直接、七瀬の能力を発見されるきっかけに結びつくことはないにせよ、家事手伝いという、家庭から家庭へ転転と移っても不思議に思われない唯一《ゆいいつ》の職業を選ぶことで辛《かろ》うじて社会から身を遠ざけ一カ所に落ちつくことを避けている七瀬にとっては、それだけでも充分に危険な事態である。注意しなければ、と、七瀬は思った。そしてまた、克己の心からは絶対に眼を離してはいけないとくり返し自分に命じた。

「親父《おやじ》、また新聞連載の挿絵、やられねえかなあ」

克己は父親のことを、眼の前にいない人物を話題にするような口調で「親父」といった。それは父親が自分たちを無視するのに反撥《はんぱつ》してのいつもの言いかただった。彼は父親がその状態になることを馬鹿《ばか》にし、心の中で（ヘレン・ケラーになる）と称していた。

「あればかりはねえ。先方さんからお声がかからないと」克己の偶然の同調に雀躍《こおどり》し、登志が大声で吐息まじりにそういった。

「あれ、ずいぶん儲《もう》かったんだろ」克己が父親の顔を見つめ、挑発するように訊《たず》ねた。
「え」天洲は息子に感情のない眼を向けた。
彼の意識の中には、外側をダーク・グリーン、内側をオレンジで塗りわけた同心円が急に大きく拡がった。それが克己をあらわしているのである。
（やっぱりヘレン・ケラーか）克己は鼻で笑った。彼の鼻は、「鼻で笑う」ためにできているかの如《ごと》く鼻孔が大きく横に拡がり、鼻の先はこころもち上を向いていた。
「わかったよ。わかったよ」と、克己は投げやりにいった。（こんな白痴に、何言ったって無駄だ）「売り絵は描きたくないっていうんだろ」（芸術家ぶりやがって）（芸術馬鹿だ）（にせものの癖に尊大な面《つら》しやがって）（金を儲けてから偉そうにしろ）
「区民館からも、絵の注文はきてるんだよ」と、登志が大袈裟に嘆息していった。「階段の踊り場にかける大きな油絵を描いてほしいんだってさ」（あれを描けば、何十万円かになるのに）
自分が話題になっていることは意識の片隅で知覚しているものの、それでも天洲の心が捕えた妻と息子のことばは、ただ無数のこまかい直角三角形となって次つぎとあらわれては順に消えていくだけであった。

「今、アトリエに積みあげてあるでかい絵の中から、その、区民館に売るのを選ぶわけにはいかないのかい」しめたとばかり、克己が身をのり出して母親に訊ねた。

「だめなんだよ」登志はいまいましげに天洲を睨《にら》んだ。「あんな滅茶苦茶の絵じゃあね。区民館じゃあ、もっとわかりやすい絵がほしいんだってさ」

「ああそうかい。じゃ、もっとわかりやすい絵を描こうじゃないか。あんな、滅茶苦茶じゃない、もっとわかりやすい、まともな絵をな。描こうよ」克己はまるで自分が描くような気軽い口調で、天洲をたきつけた。「そうと決れば、さっそく描こうじゃないか。なあ親父。描こう描こう」

彼はわざと力をこめ、馬鹿にしきった態度で父親の肩を二度叩《たた》いた。傍観者である七瀬でさえ、一瞬かっとなったほどの不遜《ふそん》な仕草だった。しかし、克己のことばを心から遮断していた天洲は、怒りの表情さえまったく見せなかった。茫然《ぼうぜん》と顔をあげ、あまり興味のない物体を見る眼で克己を眺めただけだった。

「うん。うん」

（何がうん、うんだ）克己は胸で毒づいた。（芸術ってものは、そんなものじゃないって言いたいんだろう）（お前なんかに、芸術がわかってたまるもんかと言いたいんだろう）（芸術家ってものは、そんなに簡単に、売り絵を描いたりはしないんだと言いたいんだろう）（もったいぶりやがって）（威張りやがって）（そっちがその気ならもっと痛めつけてやるぞ）

「そうかい。そうかい」煮えくり返っている心とはうらはらに、克己はわざと陽気に叫んだ。「じゃ、明日からでもさっそく描きはじめるってわけだね。いや、今夜からでも描き出してくれるんだね。ありがてえなあ。どうせ売り絵なんだから、電《でん》燈《とう》の下でだって描けるだろ。早く描いてもらいてえなあ」彼は喋《しゃべ》りながら次第に興奮し、憎にくしげな口調をあらわにしはじめた。「ありがてえなあ。金が入れば、おれ、友達と山へ行けるもんな。いい親父だなあ」（なんだ。その眼は）（魚みたいな目玉しやがって）（何か言い返したらどうだ）（息子がこれだけ馬鹿にしてるんだぞ）（怒ってみせたらどうだ）（ぶん殴ってやろうか）（そうすりゃ怒るだろう）

危険だ、と、七瀬は思った。克己は逆上していた。理屈抜きの憎悪《ぞうお》が、父親への反感が彼の視界を真紅に染めていた。自分が手前勝手であり、非が自分にあると知っているからこそ、道理とともに自制心さえどこかへけしとんでしまっている歪みひねくれた彼の心には、今や原始的な憎悪だけがめらめらと燃えあがっていた。暴力を振うかもしれなかった。

だが、その危険は七瀬が気づくと同時に天洲も勘づいていた。それを避けるため、彼は息子のことばを、ことばとして理解しようと努力しはじめていた。天洲の意識が現実の認識へ向った一瞬の機会を利用して、七瀬は彼にいった。

「もう、お茶は、よろしいんですか」

用がないのなら早くこの茶の間から逃げ出せと暗にほのめかした七瀬の問いにすぐ気づいて、それをきっかけに天洲は立ちあがった。

「いや。もう結構だ」

彼は毒気の充満した茶の間を、登志や克己が追い打ちをかける隙《ひま》もないほどのおどろくべき素早さで脱走した。

(逃げやがった)克己が茶碗《ちゃわん》を卓袱台《ちゃぶだい》へ叩きつけるように置きながら毒毒しく心の中でわめいた。(くそ。逃げやがった)(おれなんか、相手にできないっていうんだ

な）

「いくら頼んだって、どうせ描きゃしないんだよ」と、登志が口惜《くや》しさに唇を顫《ふる》わせながら吐き捨てるようにいった。（わたしたちが足もとにひざまずいて頼むのを、待ってるんだ）｛（誰がそんなこと、するもんか）（もったいぶってりゃいいさ）｝

「ぶん殴ってやりたいね」と、克己がすぐに応じた。

母と子の心は一家の主《あるじ》への憎悪という一点で緊密に結びついていた。克己は自分が父親を「ぶち殺す」ドラマを頭の中でなまなましく演出し、それを何度も反芻《はんすう》して細部を作り変えたりしながら茶漬を二杯食べた。

あきれて彼の顔を眺めていた七瀬の視線が、急に顔をあげた克己の眼とぶつかった。しめたとばかり克己は眼を細めて七瀬を睨み据えた。七瀬はいそいで俯向いた。父親のことはたちまち克己の意識から消え去り、彼は彼の頭の中で勝手に類型化した「女をたらしこむ方法」のいくつかのパターンをまさぐりはじめた。

（簡単だぞ）（こんな初心《うぶ》な娘なら）（どうせ田舎娘だから）（当然まだいろんな経験は）（都会的なセンス）（早いテンポで攻撃すれば）（どうせ女中だからあと始末

はどうにでも）（映画）（公園）（キス）（モーテル）そして彼は七瀬が今着ている服を心の中で順に脱がせはじめた。

下着の最後の一枚しか残らなくなった時、七瀬は俯向いたままわざとにやりと笑って見せ、台所へ立った。

（笑いやがったぞ）（おれが何を考えてるかおおよそ想像はつくってことを意思表示しやがったのかな）（してみると、わりあい、すれているのかも）（なに。たいしたことはないさ）克己は一瞬どぎまぎしながらも、母親ゆずりの負けず嫌いでけんめいに立ち直ろうとしていた。

いやな人間の思考に対して七瀬の方から挑みかけたのはそれがはじめてだった。だが七瀬はすぐ、今度は自分のしてしまったことに危険を感じた。そんな危険を冒してまで思わず挑発してしまうほど自分が克己を嫌うのはあるいは、自分がはじめて好感を持つことのできる天洲という人物にめぐり会ったせいではないだろうか、と、そんなことを自省しても見た。注意しなければ、と、七瀬はまた、くり返し思った。わたしがいちばん注意しなければならないのは、わたし自身なのだ、と彼女は、あらためてそう思った。

登志はまだ、克己を相手に愚痴をこぼし続けていた。「去年の新聞連載にしたってさ、やる気がないもんだからあんな投げやりな仕事をしてさ。ペン画は描けないとか、人物は描けないとか、勝手なことばかりいって、鉛筆で風景をスケッチした絵ばかり渡したんだものねえ。新聞社の人もあきれてたよ。あれじゃ、もう絶対に新聞の仕事は貰えないね。そりゃまあ、あの人にしてみれば、それが自分の絵の下手さ加減をごまかす方法だったのかもしれないけどね。……」

天洲の絵の腕前は、ほんとのところどうなんだろう、と七瀬は食器を洗いながら考えた。下手な筈《はず》はないという気がした。自分が天洲を買いかぶっているとは、なんとなく思いたくなかったのである。

天洲の絵を見るチャンスが、さっそく次の日にやってきた。アトリエの掃除を登志から命じられたのである。登志はどうやら七瀬にやらせる仕事を溜《た》めておいたらしくて、アトリエの掃除だけではなく母屋《おもや》の窓ガラス拭《ふ》きや克己の離れ部屋の掃除なども同時に命じた。

七瀬は朝食後、いちばん先にアトリエの掃除にとりかかった。四坪ほどのアトリエの中はきちんと片づいていて、あちこちの隅にうっすらと埃《ほこり》がつもっている程度だった。絵具やキャンヴァスや備品の状態を見て七瀬はすぐ、今までは天洲が自分で掃除していたに違いないと判断した。

部屋の中央のイーゼルには制作中らしい二十号ほどの大きさの抽象画がかかっていた。七瀬が想像していたとおり、それは幾何図形ばかりで描かれていた。極度に不安定な構図だったが、色彩の面白さがそれを一種の迫力に変えていた。面白いことに、幾何図形の中には他と組合わされて登志も克己も存在した。彼ら、即《すなわ》ちダーク・グリーンの疑似長方形と、オレンジとダーク・グリーンの同心円はキャンヴァスの中で、日常茶飯事に結びつくセピアの泥沼にのたうちまわっていた。

しばらく飽きもせず眺めてから七瀬は、ふと、この絵を面白く感じることができるのは、天洲の意識構造を知っている自分だけではないのか、という疑問に襲われた。もちろん登志や克己に理解できる筈がないことは確かだった。登志などは、現実に存在しない物体が描かれている種類の絵を憎んでさえいたし、克己にしても、あの離れ部屋の外装のペンキの色を見れば、彼の色彩感覚が常人以下であることはすぐにわかる。

部屋の隅に立てかけられている十数枚の古い作品を次つぎと見ていくにつれ七瀬

は、ますます自分の思いつきに確信を持ちはじめた。絵に関してなら七瀬は自分の鑑賞眼に自信があった。だが、もし自分が天洲という人物を知ることなしにこれらの作品を見たとしても、やはりこれらを傑作と判断したかどうかははなはだ疑問だった。それらはいわば絵に描かれた私小説であり、キャンヴァスに定着した天洲自身の意識野だったからである。おそらくどのように高度な批評眼を持つ人びとといえども、この絵の本来の面白さはわからないに違いなかった。しかしそれは、絵が駄作であるということではなかった。ただ、その絵よりも華やかに技術を駆使したにせものが、世間にはあふれているのだ。天洲の才能は本物だった。だが彼はうわべのテクニックや、流行している手法を完全に無視していた。

七瀬は溜息《ためいき》をついた。

天洲への好意がますます自分の中でふくらみはじめているのに気づく一方で、どうしてこのような人物に、克己のような野人が息子として生れたのか彼女には不思議に思えた。どう贔屓目《ひいきめ》に見ても、克己が父親からは何ひとつ受け継いでいないように思えたからである。

天洲を買いかぶっているのではないかという疑いが、七瀬の心をふたたび捕えた。

考えてみれば七瀬は、周囲の状況を抽象画化によって認識閾で遮断している状態での天洲しか観察していないわけである。現実を認識している際の天洲の意識作用を知りたい、と、七瀬は思った。昼間の彼の、商事会社の経理課長としての能力がどの程度のものかはわからないが、とにかく課長という管理職を勤めているからには、現実の状況を判断する能力がそんなに低い筈はなかった。もっとも、幾何図形に心を奪われている彼の数学的頭脳、つまりは経理マンとしての才能がある程度高いものだろうことは容易に想像することができるのであるが。

土曜日だったので、その日天洲は早めに帰宅した。いったんアトリエに入った彼はすぐに出てきて、庭を掃除している七瀬に訊ねた。「君。アトリエを掃除してくれたの」

「はい」

「そりゃ、ありがとう」彼はそういってから微笑し、母屋の方へ去った。

七瀬の頰の火照《ほて》りは、なかなか消えなかった。昨夜、天洲の意識の中で七瀬をあらわしていたあの白い点が、今日ははっきり完全な円としての大きさに成長していたからである。ますます危険だと七瀬は思った。天洲が自分に対して抱きはじめた好意は嬉《うれ》しかったが、そもそも男性から持たれた好意を嬉しく感じることが七瀬には初めての経験であるだけに、尚《なお》さら危機感を覚えずにはいられなかった。

その夜、七瀬は竹村家の家族と夕食を共にするのを避け、自室にとじこもり、本を読んで過した。天洲が家族から責め立てられているのをそれ以上見るに忍びなかったからでもあり、自分がまた衝動的に天洲を守ろうとして、危険な言動に走るおそれがあったからでもある。登志は七瀬が給仕を手伝わないので不満そうだったが、さすがにそれを強制することもなかった。七瀬がいたのでは、天洲を思う存分罵《のの》りにくいわけである。殊《こと》に明日の日曜日は天洲がアトリエにこもって絵を描く日だから、その夜のうちに何とか天洲に売り絵を描くよう説き伏せてしまう必要があった。きっと、昨夜以上のひどい毒気が茶の間を満たすことだろう、と、七瀬は思った。だが天洲は、いくら家族からせっつかれ、毒づかれても、おそらく売り絵は描かないだろう、そう予想して七瀬はひとり、くすくす笑った。天洲の態度は周囲の人間の胸算用をすべて滑稽《こっけい》に見せてしまうほど超然としていた。

案の定、その夜も登志と克己の共同戦線は天洲の沈黙の前にあっけなく敗北したようであった。天洲と克己がそれぞれの部屋へ引きこもった頃を見はからって七瀬

いていた。

が台所へ行くと、登志は乱暴に食器を洗いながら心の中で嵐《あらし》のような罵倒《ばとう》を続けていた。

(馬鹿《ばか》)(馬鹿)(なんて男だろう)(金がほしくないのか)(もう明日から、ろくな飯は食わせてやらない)(何が楽しくて生きてるんだろう)(わたしをながいことほっときやがって)(それでわたしが降参すると思ってるのか)(ひっぱたいてでも絵は描かせるからね)(どうしてやろうか)

夫婦の交渉がここ数年絶えていることを七瀬は知った。天洲の潔癖さから考えればそれは当然だと思い、それを喜んでいる自分に気がついて七瀬はまた、はっとした。

「さあ、早くあんたも食べてしまいなさいよ」ヒステリックな登志の罵声は、七瀬にまでとんできた。「あとが片づかないじゃないか」

八つ当りせずにいられない登志の激しい怒りを、七瀬はまた滑稽に感じた。

「すみません。あとはわたしが片づけておきます」

七瀬は余裕たっぷりに、ゆっくりとそう言った。

(ふん)(生意気な)(馬鹿にしてるわ)(いつか間違いでも仕出かしたら、とっちめてやるから）登志は七瀬をぐっと睨《にら》みつけ、ふてくされて茶の間へ去った。

次の日天洲は、イーゼルにかかっていた例の絵に少し手を加えただけだった。その日、彼の頭には「売り絵」ということばさえ一度も浮ばなかったようであった。夕食直前にそれを知った登志と克己は逆上するほど腹を立て、手ぐすねひいて天洲が茶の間へあらわれるのを待っていた。七瀬はその夜も自室にとじこもった。毎晩とじこもることになりそうだと彼女は思った。家族たちの間では、そんなことがもう何年も、毎夜のように続いていたのである。あれが夕食といえるだろうか、憎悪と怒りを味わうための食事でしかないのではないか、と、七瀬はそんなことさえ思った。

一週間が過ぎた。その間に七瀬は、ほんの時おり天洲の意識の現実認識作用を覗《のぞ》くことができた。それは七瀬には極めて精緻《せいち》な思考のように思えた。だが、あくまでそれは断片であり、せいぜい昼間の会社での経験を再確認するという程度のもので、現実的な状況判断といった思考としてのまとまりは持っていなかった。会社にいる時の天洲の意識を覗きたい、と、七瀬は思った。

月曜日、七瀬は休みを貰《もら》って外出し、副都心に出た。天洲の勤めている商事会社のビルは繁華街にあり、そのビルの地下には広いレストランがある。天洲がいつもそこで昼食をとることを七瀬は彼の意識の断片から探り出していた。七瀬が行った時はちょうど昼前で、店内はまだ空《す》いていた。彼女は店内のどのテーブルからも見えないコーナー・ボックスについて、竹村家での粗末な料理による栄養不足をみたすため、久しぶりに豪華な食事をした。天洲はまだ来ていなかったが、彼が入ってくれば、店内に他の客が何人いようと七瀬にはすぐにわかる筈だった。

いったん意識構造と、意識作用のパターンを知った人物の思考なら、他に何人の思考が乱れとんでいようとすぐ識別できる能力を、七瀬は以前よりもさらに強固に身に備えていた。今では、もし必要なら他の意識を全部遮断することができるほどになっていた。

食事が終っても、天洲はまだ来なかった。七瀬はコーヒーを注文した。

彼女はコーヒーが好きだった。コーヒーを飲んだあとは特に遠隔感応の力が強まるように感じた。人間の高度の精神作用は、通常アミタール・ソーダのようなもので低下し、カフェインで増大するという説を、彼女は以前何かで読んだことがあった。してみると、テレパシーはやはり高度の知性から発生すべきもので、「先祖がえり」などではないと考えることができる。

コーヒーが運ばれてきた時、七瀬は熟知しているパターンの思考を強く感じた。振り返って見るまでもなく、天洲の意識だった。だが七瀬は、彼がひとりかどうかを確かめるためスクリーンの陰からそっと入口をうかがってみた。彼は部下らしい若い女事務員をふたりつれてきていて、入口のすぐ傍《そば》のボックスに陣取っていた。奥の方はすでに、ほぼ満席だったからである。困ったことになった、と七瀬は思った。彼らが店を出て行くまで、そのコーナーにひそんでいなければならなくなったわけである。

スモック姿の女事務員ふたりはどちらも二十二、三歳と思えた。七瀬の方からはふたりの肩と髪型しか見えなかった。ひとりは髪をセミ・アップにした小肥《こぶと》りの娘で、もうひとりは髪をショート・カットにしていた。天洲の意識から、セミ・アップの娘が多加子という名の経理課員だとわかったが、ショート・カットの娘の名前はなかなかわからなかった。

天洲の意識を観察し続けるうち、ショート・カットの娘を彼がまったく無視していることに気がついた。彼女は天洲によって先端の尖《とが》ったオレンジ色の二等辺三角形に変形されてしまっていた。その鋭角が時おりぴくぴくと左右に顫《ふる》えるのは、彼女が何か喋《しゃべ》っているということなのであろうが、そのことばに対する反応は天洲の中には見られなかった。つまり天洲は彼女のことばを遮断しているのである。天洲は彼女を憎んでいるのだろうか、と、七瀬は思った。オレンジという色は、克己をあらわす同心円にも使われている色だったからである。

天洲の関心は、多加子という小肥りの娘だけに向けられていた。天洲の視覚を通じて、彼女の色の白い、眉《まゆ》の濃い丸顔が七瀬にも感応できた。彼女のその顔は天洲の意識内でしばしば白い巨大な円に変形した。白い色と円の巨大さから判断して、天洲が多加子に好意を抱いているらしいことは確かだった。七瀬は軽く衝撃を受けた。もっとも、それが多加子への嫉妬《しっと》に発展するほどのことはなかった。天洲への親近感が恋愛感情などとは程遠いものだったことを自分で確認して、七瀬は少し安心した。それどころではなく七瀬はすぐに、自分が天洲に対して持っていたイメージさえ、とてつもない買いかぶりであったことを確認しなければならなくなってしまった。それまで彼女が抱いていた天洲像は、やはり、七瀬が天洲にこうあってほしいと願った自分勝手な理想像に過ぎなかったのである。

天洲は多加子への欲望を意識内であらわにしはじめていた。愛情らしいものはなく、それは単なる肉欲だった。そして彼が欲望の対象を手に入れる方法を考える時、彼の思考の大半を満たすものは計算だった。天洲は、多加子が犯した使いこみを種に彼女のからだを得ようとしていたのである。

使いこみといってもたいしたことではなく、むしろスリルを味わうための娘らしいいたずらに近いもので、金額も数千円に過ぎなかった。だが天洲は、若い娘が自分のからだを投げ出すに充分な脅迫手段を考えていた。自分が彼女の直属上司であること、使いこみに気づいた者が自分以外にひとりもいないこと、相手が世間を知らない未婚の娘であることなどを勘定に入れた卑劣な脅迫用のせりふが幾通りか、すでに彼の胸には出来あがっていた。そして天洲はそれを自分では少しも卑劣とは思っていなかった。彼が人間を幾何図形に見立てるのは、自分以外の人間をすべて見くだし、自分がやりたいことをやるための道具に近い存在と思っているからに他ならなかった。芸術家のエゴイズムは今までに二、三度観察していたが、これほど極端なものは初めてだったので七瀬は唖然《あぜん》とした。

(お互いに貸し借りなしにしたいからね)(君だってそうだろう)(抹消・訂正)

(君もそう思うだろう)(秘密は、お互いにひとつずつ持っていた方が)白い巨大な円。(ぼくにだって家庭が)(この言いかた、再考の余地)(君もまだ未婚)(プラス・アルファが必要)(時期)(決算の日に近い方が)(動揺)(決算二日前の)(退社後)(その日のうちに)(大きな衝撃から次第に安心感の方へ誘導)(一瞬気をゆるませて)(ホテルへ誘導)黒い斑点《はんてん》。

黒い斑点は天洲自身の肉欲をあらわしていた。なんのことはない、克己はやはり父親の血をひいていたのである。

多加子は天洲がそんなことを考えているとはもちろん知らず、使いこみが彼に気づかれていることも知らぬ様子だった。笑い声さえ立てていた。滅多に同情しない七瀬だったが、遠からず法外な罪悪感に苦しみ、天洲から意のままにされることになる彼女がさすがに哀れに思えた。

客がいっぱいで空いたテーブルがないのにただぼんやり腰をおろしているわけにもいかず、七瀬はコーヒーを二杯飲んだ。その時、天洲が席を立って手洗いへ行った。七瀬もすぐに立ちあがった。

レジのカウンターは天洲たちのボックスのすぐうしろにあった。金を払い、釣銭を受けとっているわずかの間に、七瀬はふたりの娘の心を覗きこんだ。一、二メートルの距離に近づけば、はじめての人間の意識も充分他と区別して感応できた。ショート・カットにしたもうひとりの娘が、すでに何度か天洲と肉体関係を結んでいることを知って七瀬はおどろいた。

(課長はやっぱりこの人が)(落合《おちあい》さんが)(好きになっている)(注意してやろうか)(課長には気をつけた方がいいといって)(課長はあなたが好きらしいから)(課長は女癖が悪いという評判だからといって)(いや)(駄目)(いってはいけない)(わたしと課長とのことが知られるおそれも)(浮気な)(わたしにあんなうまいことをいって)(だまして)(同じことをこの人にも)(芸術家にあこがれて)(失敗)(妊娠)(けだもの)(わたしを無視)(無関心)(今はもう)(冷血動物)

天洲にとって、いったん自分の欲望を満たすために利用した人間すべては、煩《うるさ》い、不快な、わずらわしい、したがって憎むべきオレンジ色の存在なのだった。そして彼は新しい欲望の対象を獲得する邪魔になりそうなものはすべて抽象画的イメージに変え、無視してしまうのだ。そしてあたたかい自我の中でぬくぬくと獲物をむさぼり続けるのである。それこそが彼の芸術家的エゴイズム、自分だけが天才でありは、自分にはどんなことでも許されるのだという唯我《ゆいが》的な心的機構だったのである。レストランを出た時七瀬は、自分の中にあった天洲のイメージが今は完全に逆転し、反吐《へど》が出るほどどうす汚なく醜いものに変り、彼を憎んでさえいることに気がついた。

地下から歩道へ出ると、昼さがりの繁華街は陽光に照りつけられて気だるさに充《み》ちていた。七瀬は数十メートルいそぎ足で歩いてからガラス張りの電話ボックスに入った。ボックスの中にも熱気が充満していた。七瀬はハンドバッグからレストランのマッチを出し、もういちど電話番号を確かめてからダイヤルをまわした。レジのカウンターにかかる筈《はず》だった。

「お客さんの落合多加子さんを呼び出してください」と、七瀬はレジの女店員に頼んだ。

やがて、多加子が出た。「落合ですが」

「今日明日中に、使いこんだお金を返しておきなさい」七瀬はゆっくりとそういって受話器を置いた。それだけで充分通じる筈だった。

七瀬はそれからさらに十日ほど、竹村家で働いた。

竹村家をやめる気になった理由はふたつあった。そのひとつは、克己の七瀬に対する欲望がいよいよ白熱してきて、何やかやといいながらうるさくつきまといはじめたからである。

「このあいだ、休みの日にどこへ行ったの」「今度の日曜日、映画見に行かないか」「どうしてそんな変な髪にしてるんだい」「君の肌、綺麗《きれい》だね」

七瀬がそっけなくすればするほど、彼の欲望は激しく疼《うず》くようだった。

もうひとつの理由は天洲だった。彼の意識内では、七瀬をあらわす白い円がますます大きくふくれあがってきつつあった。多加子への欲望が挫折《ざせつ》したため、彼は当座の目標をいちばん身近な七瀬に変えたのである。七瀬をどうやって攻略するか、その手段を求めて天洲はしきりに七瀬をつけまわした。

よく似た親子だ、と、七瀬は思った。征服欲が並はずれて大きく、それを女性に向けることしか考えつかない怠惰な精神を持った父親と息子だ、と、そう思った。そう思って見ると天洲の描いた絵もすべて醜悪にしか感じられなかった。構図の不安定感や迫力も、天洲の精神のいびつさや自己本位性のあらわれと見ることができた。天洲が日曜に絵を描くのは、その間だけは確実に、自分自身のなまあたたかい自我の内部へどっぷり浸れるからだったのである。もっとも、そんな創作心理だってあって当然だけど、と思い、七瀬はひとり笑った。

やめさせてほしい、と七瀬が告げた時、登志の眉は吊《つ》りあがった。「近ごろの小生意気な若い娘」へのつもりつもった反感が登志の意識へ噴出し、彼女は際限なく憎悪《ぞうお》を吐き出しはじめた。

「そう。そんなことだろうと思ったよ。前から、いかにも不満があるみたいな仏頂《ぶっちょう》面《づら》だったものね。まあ、どうせやめるんなら早いうちの方がいいだろうね。ここみたいに仕事の楽な家に勤めていてひと月ともたないようじゃね。ひとこと教えといたげるけど、あんたどうせ、どこの家へ行ってもだめだよ。ながもちしやしないよ。ああ。しないね、絶対に。もっと優遇してほしかったら、女中のやるべきことだけはもっとちゃんとやることだね。いい部屋あてがってもらえて、お給金もたくさんもらえる、そんな家へ行きたいんだろ。勝手に捜したらいいよ。近ごろの女中はみんなそうしてもらってるっていいたいんだろうけどね、この竹村家じゃそんなお嬢さんみたいな女中はおことわりだね。女中には女中としての分際ってものがあるんだよ。分相応なんてこと、近ごろのうぬぼれの強い、思いあがった娘なんかにいったって、どうせ通じやしないだろうけどね。だから最近の女中は駄目なんだよ。男とちゃらちゃら遊び歩いて、妊娠するぐらいがおちだよ。あんたもそうならないようにすることだね。でも、どうせそうなるよ。そうなったって平気なんだから、近ごろの若い娘は、まったく……」

亡《ぼう》母《ぼ》渇《かつ》仰《ごう》

清水信太郎《しみずしんたろう》の心は涙でふやけていた。

(なぜ死んだ)(ぼくをおいてなぜ死んだ)

(ひどい)(ひどいおふくろだ)(これからどうすればいい)

(なぜ死んだ)

そこには論理的な思考らしいものが、まったく欠けていた。七瀬には、とてもそれが二十七歳の、妻のある男性の意識とは思えなかった。

信太郎の母親の恒子《つねこ》が死んでから一昼夜経《た》っても、涙曇りの彼の心は、ただおろおろと数種類の単語だけをくり返し続けていた。

(なぜ死んだのだ)(ぼくはこれから、どうすればいい)(ひどい)(自分だけ死ぬ

なんてひどい)

彼の涙は甘い悲しみの涙とでも形容する他なかった。死んだ母親の追憶に浸り、泣き続けることによって、彼は自らを甘やかしていた。母親から甘やかされ続けてきた彼を、今甘やかすことのできるのは、死んだ母親の追憶だけだった。甘やかされた記憶だけだった。ほんとにこれが、一流の大学を卒業し、一流の企業に勤めている、二十七歳の男性の意識なのかと七瀬は思い、自分の読心能力を疑わずにはいられなかった。

(この涙がいったい、いつまで続くのか)(いつ泣きやむのかしら)

(この人のからだは、全部涙でできているのじゃないかしら)(眼球が、涙で溶けてしまわないかしら)

人前もかまわず泣き続ける夫を眺めながらそんなことを思っている幸江に、七瀬は同情した。幸江は信太郎と結婚して以来三年間、恒子と信太郎の緊密に結びついた異様な親子関係に悩まされ続けてきたのである。

(これから当分、今度はこの人の涙に悩まされそうだわ)(でも、いったい、泣きやむ時がくるのかしら)

夫が一生母親の思い出から脱《ぬ》け出せないのではないかと想像し、一瞬慄然《りつぜん》とした幸江の気持を、七瀬は十二分に理解できた。

七瀬は信太郎の異常さを病理的には幸江以上によく知っていたから、幸江の危惧《きぐ》が決して根拠のないものではないこともわかっていた。しかしもし信太郎が母親から「乳離れ」できる機会があるとすれば、それは母親の死という荒療治以外にないことも七瀬は知っていた。当然のことだが、信太郎が精神的に自立できるかどうかは、信太郎の意志ひとつにかかっているのである。

告別式が始まったので七瀬も、客間から次の間にまであふれた会葬者のいちばんうしろ、縁側近くに正坐《せいざ》して僧の読経《どきよう》に頭を垂れた。親類、縁者のほとんどが、信太郎の強い母親固着をぼんやりとながら知っているようだった。列席者の多くは後日の話題を求めて、信太郎の異常なほどの愁嘆ぶりと、それに対する幸江の反応を興味深く観察していた。

(幸江さんのあの嬉《うれ》しそうな顔)(ほっとしたにちがいないわ)

(大の男がまあ、頰を涙でべとべとにして)

(びかびか光らせて)

（体裁ってことも考えられないらしいな）（子供だ）（もう二十七歳になってしまってるんだから、今からじゃとても大人には）（ずっと子供のままだ）（幸江さんも大変だ）（清水家もこれで）（こいつの代で）（幸江さん、きまりが悪いだろうな）（亭主があんなに泣いていちゃ）（せめて嘘泣《うそ》きでもすりゃいいのに）

七瀬がこの清水家へ住込みで働きはじめたのは二カ月前、恒子が病床について十日ほど後だった。幸江に看病されるのを恒子が厭《いや》がったからであり、恒子の世話を幸江が嫌ったからでもある。

恒子が死んだ今、幸江はたしかに肩の荷をひとつおろした気分になっていた。七瀬が幸江の心を覗《のぞ》くと、義母の死を喜ばずにはいられない自分への罪悪感を打ち消そうとして、彼女はけんめいに恒子から受けたひどい仕打ちや、怒鳴りつけられた時のことを思い起し続けていた。

（罵倒《ばとう》）（憎まれた）（看病すればするほど憎まれた）（近所の家に聞えるぐらいの大声で）（わたしを殺すつもりか）（馬鹿《ばか》）（叫んだ）（叫び続けた）（看病にまごこ

ろがこもっていないと、怒鳴りつけられた）（でも、あれだけ憎まれて）（あれだけ怒鳴られて）（まだまごころを持ち続けていられるものだろうか）（無理よ）（無理だわ）

むきになって自己弁護するところに、幸江の可愛《かわい》さ、善良さがあった。七瀬は、幸江が信太郎や恒子の虐待《ぎゃくたい》によく耐えられたものだと思い、感心しているほどだった。最近の勝気な若い女性ならまず、結婚後一年も経たぬうちに離婚していたことだろうと、充分想像できるくらいだった。なぜなら。

病人の看病を幸江から引き継いだ七瀬は、病人の望むところを病人が口にする前に悟れるという能力を持っていたわけだから、当然理想的な看護婦であり他に望み得べくもないメイドである筈《はず》だった。ところがその七瀬に対してさえ恒子は口やかましく、病床から七瀬に毒舌を吐き、無理難題を強いた。よくまあこれだけ他人の欠点を見つけることができ、よくもまあこれだけ難癖が考えつけるものだと、ことごとに七瀬があきれるくらいだったから、幸江が身をふるわせるほど恒子の看病を嫌ったのもあたり前だった。文字通り、「病人の心を先へ先へと読む」ことのできる七瀬の、どんなに至れり尽せりの世話に対してすらも、ひとつことを病床で執念深く反芻《はんすう》し続ける恒子の心の中では、あとになればなるほどあれには悪意があったのだと解釈されてしまうのである。幸江がどれだけ恒子から苛《いじ》められたかは、そういったことからも充分推測することができた。

恒子の病状が悪化するにつれ、信太郎は一種の狂態を示しはじめた。彼は会社を休み、母親の枕頭《ちんとう》から離れようとしなくなった。そして彼は恒子が死ぬまでの六日間、会社を欠勤した。会社に出した欠勤届にも、彼はごく当然の理由の如《ごと》く「母親病気の為《ため》」と書いていた。たとえいかに上役からたしなめられ、同僚から嘲笑《ちょうしょう》されようと、信太郎にとってそれは当然すぎるほど当然の理由だったのである。

「ママが死んだというならともかく、病気というだけでは欠勤の許可はあたえられないって、課長がそういうんだよ」

七瀬は信太郎が恒子のまくらもとで得意気に喋《しゃべ》るそんな話を立ち聞きした。

「それで信ちゃんはどういったの」

「じゃ無断欠勤しますって、ぼくそういってやったんだ。君に休まれちゃ困るなあって、課長いってたよ」

「お前がどれだけ重要かは、たまにお前が欠勤した時にわかるのさ」恒子は嬉しげにそういった。「困らせてやりゃいいよ」

信太郎はいつも恒子に、ママと呼びかけていた。恒子が喜ぶからだった。信太郎はまた恒子の前では、仕事の内容に関したことを考えないようにしてきた。恒子に理解できないこみいった仕事のことを信太郎がひとり考え続けていると、恒子が不機嫌になるからだった。だがそれ以外のことはすべて、彼は彼女に話した。子供の頃からずっと、信太郎はそうしてきたのである。

大学を出て就職してからも、恒子が死ぬまでの間ずっと信太郎は、会社でのすべての出来ごとを恒子に話してきた。怒りや悲しみを彼女に洗いざらい打ちあけ、困っている場合は相談をもちかけてきたのである。彼は家の外で起ったことすべてを、自分ひとりで考えようとはせず、むしろ母親に話すまでは考えまいとし、いわば母親のもとへ口にくわえて運び続けていたのである。

(なあに、そんなことでくよくよすることはないさ)(お前が秀才だもんで、みんな、嫉《や》いてるんだよ)(お前の頭が、よすぎるんだよ)(反感があるのはあたり前さ)(宿命みたいなもんだよ)(エリートのね)(嫉妬《しっと》だよ)

常に彼をなぐさめ、彼に自信を植えつけてくれた恒子は、信太郎にとって彼の自我の一部であり、超自我でもあった。だが今、その恒子が死んだのである。（ママ）（あんたは悪いおふくろだ）（なぜ死んだ）（ぼくを苦しめるために死んだんだな）（だって、ママがいなければ、ぼくが困ることは、よく知っている筈じゃないか）（ぼくを困らせる気なんだ）（悪意なんだ）

信太郎にとって恒子の死は、彼女の彼に対する裏切りだった。そして、そう感じている彼に、そうじゃないといってなぐさめてくれる人物は今やひとりもいなかった。そのため彼は今、とめどもなくヒステリックになりつつあった。

読経が終った時、信太郎の嗚咽《おえつ》はひときわ大きく会葬者たちの頭上に流れた。その泣き声のあまりの大きさに圧倒されてか、他にはすすり泣きの声ひとつ聞かれなかった。事実七瀬が読心用の触手をのばして眺めまわしても、列席者の中に悲しみに沈んだ心はひとつも発見できず、大半が信太郎の醜態を笑っていた。

葬儀社の社員などは、吹き出しそうになっていた。（近親相姦《そうかん》していたんだろう）（この泣きかたはただごとじゃない）仲間うちでよく笑いあう黒い冗談のいくつかを思い返しながら、それでも表情にだけは沈痛の色をたたえ、彼は立ちあがって言った。

「それではご焼香をお願いいたします。喪主清水信太郎様」

立ちあがる気力もなく、肩を顫《ふる》わせながら仏前にいざり寄る信太郎の無様《ぶざま》さに、列席者たちの意識がまた笑いでどよめいた。幸江ひとりが、はずかしさに熱くなっていた。

眼をまっ赤に泣き腫《は》らした信太郎は、香を炷《た》きながら胸の中で母親に、あいかわらず非論理的な恨みごとをくり返しつぶやき続けていた。(ぼくを抛《ほう》り出したんだ)(いやな連中の中へ)(ひとりぼっちにして)(自分だけ逃げたんだ)(もう、あんたが望んでいたような子にはなってやらないよ)(だってママ、あんたが悪いんだから)(ぼくだって)(悪い子になってやるんだ)(悪い子になってやるんだ)

「悪い子と交際してはいけませんよ」信太郎が幼い頃、恒子はいつも彼にそういった。「悪い子が遊ぼうといってきても、遊んではいけません。知らん顔してるのよ。もし、しつっこく来るようなら、ママが追い返してあげます」

(だって、世の中、悪いやつばかりじゃないか)(そいつらとつきあうなって教え

たのはママなんだぜ)(だからぼく、そいつらと、どうやって話していいかわからないんだよ)
(もう追い返してはくれないんだね)
仏前に泣き崩れた信太郎を、親戚《しんせき》の男ふたりが両側から抱いて席につれ戻した。(ぼくの周囲は悪いやつばかりなんだ)(ぼく、どうすればいいんだ)(みんながぼくを苛める)(みんながぼくを笑う)(追い返してよママ)(ぼくには追い返しかたが、わからないんだよ)
幸江はゆっくりと、三回香を炷いた。縁なし眼鏡をかけ、歳《とし》のわりには若く見える恒子の写真が、厳しい表情で幸江を見おろしていた。その写真を見あげた幸江の心も、やはり恒子への恨みつらみで満ちていた。(おかあさん。あなたにだまされましたわ)
お宅の娘さんをぜひうちの信太郎の嫁に、そういって、都心で大きな紳士雑貨店を経営している幸江の両親のところへやってきたのは恒子だった。たまたま店の手伝いをしていた幸江を、買物にやってきた信太郎が見染め、「あの子が欲しい」と恒子に泣きついたのである。

見合いをするまで彼は一度も幸江に話しかけたことはなかった。もし話しかけたりして、幸江が彼を嫌う素振りでも見せようものなら、極端に柔らかく肥大した信太郎のエゴはたちまち傷ついて血まみれになっていたに違いない。信太郎は自分でもそれを知っていたし、だからそれを恐れたのである。彼はいつも欲しいものがある時にはそうしてきたように、母親に幸江を「おねだり」したのだ。

（信太郎には家を建ててやります）（新婚家庭にこんなお婆《ばあ》さんがいては邪魔でしょうからね）（わたしはまだまだ元気だから、ひとり暮しでも大丈夫）

にこやかに話す恒子に、幸江も、幸江の両親も好意を持った。モダーンなものにあこがれる気持の強かった幸江の両親は、ほんの申しわけ程度の仲立ち人だけで結婚を申し込んできた恒子の熱心さと率直さに打たれていたし、幸江も恒子を進歩的な母親だと思い、旧習にとらわれない新鮮さを感じた。

（あの頃は）（結婚するまでは）（まるで観音さまのような）（とてもやさしいお母さまだった）（いろいろなものを買ってくださって）（婚約指輪も立派）

（話のわかるお母さんのようだ）（女学院出のインテリ）（お金持ちだし）

（亡《な》くなられたお父さんは貿易協会の会長さん）（息子さんは秀才）（おとなしい

し）（いい大学を一番で卒業）（会社でもエリート・コースを）（ひとり息子さんだから当然、財産は全部）（あの大きな屋敷だけでもひと財産）（土地だって）そんな会話が何度となく家族の間で交わされて、半年後、幸江は清水家の嫁になった。

しかし、家を建ててやるという恒子の約束は守られなかった。（おふくろは病弱なんだ）（一緒に住んでやらなきゃ）（同居といったって、これだけ広い家なんだから）最初のうち信太郎は、ややうしろめたそうな様子で幸江にそんな言いわけをしていた。（新しい家に住んだって、お母さんが死ねばどうせこの家に戻ってくるんだから）幸江もそう思って我慢した。もちろん、そんなことを口にすれば信太郎が（お前はママが死ぬのを待ち望んでいるのか）（早く死ねと思っているのか）といって怒り狂うことはわかっていたから、当然、黙っていたのである。

事実は信太郎自身が、母親と離れることができなかったのだ。

一方恒子は、幸江が清水家へくるなり、それまでの態度をがらりと変えて彼女への憎悪《ぞうお》をあらわにしはじめた。

(新しい家なんか必要ないよ)(あんな女のためにわざわざ)(結婚さえしてしまえばこっちのもんさ)(お前はわたしとは)(離れて暮すなんて)恒子が信太郎にそんなことを話している時もあった。

(あれは聞えよがしの大声だったわ)(わたしに聞かせるためだったんだわ)(わたしを苦しめるためだったんだわ)

焼香を終えてからも幸江はしばらく、写真の恒子と睨《にら》みあった。

(この家にとって、わたしはいったい何だったのか)(邪魔者)(憎悪の対象)(無視すべきもの)

(それとも玩具《おもちゃ》)(飽きられた玩具)(女中)

親戚の焼香がはじまった。次つぎと仏前に進んで香を炷く人びとの、どの意識のうちにも、恒子を悼《いた》む心は見あたらなかった。誰もが彼女から受けた軽蔑《けいべつ》や嘲笑を根に持ち、軽視され無視され馬鹿にされた記憶を蘇《よみがえ》らせていた。

(息子だけが全世界だったのだ)(息子が恋人だった)

(教養を鼻にかけた馬鹿女)(教育ママ)(インテリ女の猿知恵)

(息子と寝た女だ)

(息子と寝てたんだわ)

彼らの想像は半ば正しかった。

七瀬が清水家で働くようになってからも、信太郎はしばしば恒子と同じ部屋で寝ていた。そこでどんな寝物語が交わされたか七瀬は知らない。しかし、信太郎と幸江が夫婦の寝室で布団《ふとん》を並べて寝る時があっても、彼らの間に何ら夫婦らしい会話がなかったことは確かだった。七瀬にあてがわれた部屋は夫婦の寝室の、廊下を隔てた真向いにあったから、彼らの思考や感情はいつも七瀬の部屋に漂ってきた。もし彼らの間に会話があったとすれば、盗み聞く意志がなくとも七瀬はその内容を知ることができた筈《はず》である。だが事実は、七瀬が知る限り、夫婦の間には性交渉さえなかった。彼らの互いへの無関心から推察して少なくともここ一年、夫婦らしい結合はなかった筈だと七瀬には確信できた。女の歓《よろこ》びを知らぬ幸江には、それはさほど苦痛ではないようであったし、彼女にはまた、いまだに信太郎の妻であるという自覚を持つことができていなかった。ただ、「清水家の嫁なのだ」という自覚だけを恒子によって否応《いやおう》なしに持たされているだけだった。

（これで幸江も少しは楽に）（三年間の苦労ですんだわけだ）

幸江の父親が焼香しながらそんなことを考えていたが、七瀬には、幸江の本当の苦労がこれから始まるのだということがわかっていた。幸江の父親には、信太郎が頼りにするものは、たとえ彼の母親が死んだところで、やはり母親以外にないのだということがわかっていないようだった。

（馬鹿《ばか》な男だが、娘の婿《むこ》だ）（上のふたりの姉の方はうまくいってるのに）（幸江だけがこんな男のところへ）（しかたがない）（これからはわしがこの男の相談相手）（そうすればこの男も少しは幸江を大事に）

彼は自分が信太郎を嫌っている以上に、信太郎からは最も嫌われている人間のひとりなのだということを知らなかった。そんな彼が信太郎の相談相手になれる筈はなかったし、信太郎が彼を頼りにする筈もなかった。信太郎にしてみれば、自分よりも幸江を大事に思うような人間は当然彼の敵なのである。今までの幸江の父親の信太郎に対することばが、すべて幸江ひとりの為を思う親ごころから発していることを、信太郎はナルシシストの敏感さで嗅《か》ぎとり、傷ついてさえいたのだ。

（あの人、油断ならないからね）（あれは遠まわしに家を建ててくれと頼んでるんだよ）（あれは忠告に見せかけて、鬱憤《うつぷん》を晴らしてるのさ）（あんたの出世を願ってるなんていってるけど、ほんとは娘だけが大事なのさ）（幸江のために、もっと働いてくれって言ってるんだよ）

生前の恒子はそういって信太郎に、常に幸江の父への警戒心を吹きこみ、彼への反感をあおり立てていたのである。

恒子は親戚の人間だけでなく、他人すべてを見下し、馬鹿にすることを信太郎に教えた。信太郎の身についてしまっている他人を見下すような態度は、恒子の教育によるものだった。だから信太郎が自分の周囲は敵ばかりだと感じるのは決して妄想ではなかった。彼は嫌われていた。

（決して頭の悪い男ではないのだが）（同僚と喧嘩《けんか》ばかり）（もう、あんたの息子のお守はご免だ）

信太郎の上役である技術部長が、焼香しながら恒子に、心の中でそんなことを話しかけていた。信太郎の父親の世話になったことがあるため、恒子の頼みでしかたなく信太郎を会社に推薦したのは彼だった。この技術部長は、今では、信太郎の性質をよく確かめもせず学校の成績だけを見て、彼を入社させ自分の部下にしたことを悔んでいた。

(失敗だった)(なぜわたしが、あんたの息子のご機嫌のとり結び役を勤めなきゃならなかったのか)(もうご免だぞ)(そうとも)

(もうご免だ)(義理は充分果した)

(あんたはご主人の死後も、自分がご主人と同等の権力を持っていると錯覚していた)(迷惑だった)(だがもう。あんたの錯覚につきあってあげる必要はなくなった)

(あんたの息子さんを、わたしは見はなすことにした)
(だって二十七歳で、一人前の男なんだものな)
(可哀相《かわいそう》ではあるが)(惜しい才能だが)(これで貸し借りなしだ)

社内で彼を庇《かば》ってくれた唯一《ゆいいつ》の人間から見はなされた時、信太郎がどんなひどい状態になるかは、七瀬にも至極簡単に想像することができた。会社での信太郎が今までどんな様子だったかは、技術部長の記憶の中から拾い出すことができたし、それによれば、それまででさえ彼のわがままさと強情ぶりは上役同僚の眼にあまるものがあったのだから。

信太郎はたしかに仕事の上で特異な才能を示していて、それは認められているようだった。だが企業は、ひとりの天才よりも統制のとれた作業集団を必要としていた。

(技術は抜群)(新しい技術を開発する才能も)(しかし、協調性がないのではしかたがない)(自分の意見が通らないと)(怒り狂う)(人から命令されると怒る)(膨れる)(共同作業を嫌う)(同僚を馬鹿に)(ひとりで勝手な研究をはじめる)(他人の主張を認めない)(むきになる)(孤立)(ヒステリックに)(誰にでも当り散らす)(暴力)(ものを壊す)(叱《しか》ると泣く)(泣いて家へ帰ってしまう)(ママに言いつけるためだろう)(するとママがわたしの家へ電話を)(夜だというのに)(ながながと)(厭味《いやみ》)

{(だがもう彼が言いつけるママはいない)
(もうこれからは、電話もかからない)}(今まで甘やかしすぎた)(親子とも甘やかしすぎた)(もう息子ひとり)(見捨てる)

(もう見捨てるほかは)

技術部長が信太郎を見捨てようとするのも無理はない、と七瀬には思えた。信太郎を庇護《ひご》したことは、彼が他の部下たちを掌握するための大きな障害になってきたのだ。

七瀬自身も、告別式が終ればこの家から去るつもりだった。信太郎がどうなるかを見届けたいという気持も、ないではなかった。しかし、おそらくは会社の方へ自分から辞表を提出するであろう信太郎が、その後、欲求不満から起すヒステリーを幸江にはもちろん、七瀬にまで向けるだろうことはわかっていた。二十七歳のわがまま坊やのお相手だけは、七瀬もご免蒙《こうむ》りたかった。どのみち七瀬は、もともと恒子の看病のために雇われたのだから、恒子が死ねばもう清水家に用はないのである。

落ちるところまで落ちればいいんだわ、と七瀬は思った。信太郎が立ち直るとすればそこからであろうし、立ち直るか立ち直れないかは本人の努力と幸江の協力次第だ、と、七瀬はあらためてそう思った。幸江が哀れだったが、七瀬には関係のないことだった。七瀬には七瀬の苦労があった。

「そうよ。他人の苦労にまで気を配ってやる余裕など、わたしにはないんだわ」

そんなことを考えながら七瀬は、いちばん最後に仏前に進み、焼香をした。七瀬が予想していたように、たちまち会葬者たちの好奇の眼が彼女の背に注がれ、不審の念と好色な想像が彼女の心になだれこんできた。

(誰だろう)(いい娘だ)(美人だわ)

(こんないい女が、なぜお手伝いなんかに)

(親戚《しんせき》のお嬢さんででもあるのだろうか)

七瀬に注意を向けた多くの会葬者の意識の中に、彼女はふと、消え入りそうなほど弱よわしく幸江への恨みごとをつぶやき続けている不思議な思念を一瞬読みとった。

(幸江)(おぼえていろ)

おや、誰だろうと七瀬が思った時には、すでにそれは他の多くの心の、好奇のつぶやきの中に没してしまっていた。それほど幸江を恨んでいる人物が列席者の中にいるというのは意外だったが、思念を発散するその精神力の弱さのため、七瀬はすぐに忘れてしまい、ふたたび自分に向けられた思考に全注意力を喚起した。

(二十二、三歳)(いや。もっと若いかな)

(あんなに美人で、しかも年頃なのに)(どうしてあんなお下げ髪なんかに)(ぜん

ぜん似合っていない)

(こんなグラマーが女中だなんて筈はない)

(近所の娘が手伝いにきてるんだろう)(いいスタイル)(ヒップ)(化粧すれば、もっと)

七瀬が危惧《きぐ》した通りの反応だった。彼女はまた自分の髪型の子供っぽさと、それにそぐわぬ肉体の成熟度とそして美貌《びぼう》とを否応なしに認めなければならなかった。年頃の娘が、自分の女としての肉体的成熟や美貌をわずらわしく感じるなどということが他にあり得るだろうか、自分に向けられる男たちの讃美《さんび》の視線を恐れるなどということがあるだろうかと思いながら、七瀬は焼香を終えるとすぐに台所へひっこんだ。

本当に、もう、これきりでお手伝い稼業《かぎょう》をやめなくては、と、七瀬は本気で考えた。もうすぐ二十歳の誕生日だった。一カ所にながくとどまって周囲に自分の能力を見せびらかしてしまう結果になることを避けるため、女中をしながら他人の家庭を渡り歩く比較的気楽な生活からも、もう遠ざからなければならなかった。女中をやめてどうするかは、まだ考えていなかった。だがそれは、未婚で美貌の女が勤めていても誰から怪しまれることなく、しかも勤め先に身もとを知られないですむ職業でなければならなかった。

茶器や菓子皿を片づけている台所の七瀬のところへ、恒子の弟の重蔵がやってきて話しかけた。「ナナちゃん、って言ったね」

(近くで見るとずっと若い)(女中にはもったいない)(餅《もち》みたいな肌)(化粧させればもっと)(いい服を着れば)

七瀬は危険を感じて身を固くしながらうなずいた。「はい」

四十八歳の重蔵が若さに餓《う》えた中年の視線を恰好《かっこう》のいい七瀬の胸に向けていた。

「ずっと、この家にいるつもりかい」(おれの家にひきとってやろう)(同じ家に住んでさえいれば)(いつかは)(いい機会が)(いい服を買ってやるといって)「もう、この家にいる必要はないんだろう」(抱ける)(この若い肉)(抱ける)

七瀬はまた、うなずいた。そして先手を打った。「ええ。もう、お手伝いさんをやめるんです」

こんな男の家へ住み込んだりしようものなら、寝ている隙《ひま》もなくなるだろうと思い、七瀬はぞっとして、心で大きくかぶりを振った。しかしこの男は、七瀬が女中をしていること自体に不審を感じているわけではなかった。七瀬は警戒心を少しゆるめることにした。

「そりゃあ残念だなあ」重蔵はがっかりし、口惜《くや》しさを胸にあふれさせながら、今のうちに見ておけとばかり七瀬の腰のあたりを遠慮なく凝視した。(いい尻《しり》だ)(惜しい)(腰のくびれ)「わたしの家へ、来てほしかったんだが」

最初から手をつけるのが目的で手伝いに来てくれと頼まれたのは初めてだった。お手伝い稼業をきっぱりやめる時期だというさっきの七瀬の判断は正しかったわけである。

「お手伝いさんをやめて、どうするんだね」

重蔵はまだ、七瀬のからだをあきらめていなかった。たとえ七瀬が女中をやめても、なんとかものにできる筈だと考えていた。

(友達として)(デイト)(一泊旅行)(宝石の指輪)

おどろいたことには、彼は自分の容貌に自信さえ持っていた。彼をあきらめさせる方法はひとつしかなかった。

七瀬はいった。「わたし、結婚するんです」

がくり、と一瞬にして欲求が挫折《ざせつ》した重蔵は、たちまち腹を立てはじめた。そういった意識作用、精神構造は姉の恒子そっくりだった。

「茶をくれ」がらりとうってかわった乱暴な口調でそういうと、彼はダイニング・テーブルに向ってどしんと腰をかけた。彼の意識内の視界いっぱいに、わけのわからない火花のようなものがとび散っていた。

(肉)(小娘)(おれのおれのおれのセックス)(ホステス)(バーにだって)(いくらでも)(小娘)(こんな小娘)(こいつよりはもっといい)(沢山)(肉)(肉)(おれおれおれの)(おれの)(おれのもの)(セックス)

彼自身にさえ理解できないような思念の断片や感情の切れっぱしがイドから噴出して彼の意識を満たしていた。七瀬がおそるおそるさし出した茶をがぶりと一口だけ飲み、彼は音を立てて椅子《いす》を立ちあがった。

「ぬるいな」じろり、と七瀬を一瞥《いちべつ》し、彼は座敷へ戻っていった。

告別式が終ったらしく、客間がざわめきはじめていた。

七瀬が僧侶《そうりょ》に出す茶を用意している時、幸江が台所にやってきて彼女に耳打ちした。

「ねえ。ナナちゃん。あなたもわたしたちと一緒の車に乗って、火葬場へ行ってくれないかしら。家の片付けの方は葬儀社の人たちにまかせとけばいいから」

七瀬は幸江の心をちらと読んでから、すぐにうなずいた。信太郎のとり乱しかたがはげしく、幸江ひとりでは手に負えなくなっているのだ。

七瀬が座敷へ出てみると、すでに出棺がはじまっていた。数人の男たちの手で縁側からいったん庭へおろされようとしている棺桶《かんおけ》に、信太郎がすがりつき、号泣していた。親戚の男たちが彼をひき離そうとしていたが、彼は身をよじりながら尚《なお》も強く棺桶にしがみついた。今や彼の自我は、なかば崩壊していた。泣き叫ぶ幼児と変るところはなかった。それは一種のオーガズムともいえた。会葬者の中には、もはや笑いを押えきれなくなって、うしろを向くなりぷっと吹き出す者もいた。鼻と口とをハンカチで覆《おお》い、肩をふるわせてのクスクス笑いが蔓延《まんえん》しはじめていた。

（こんな面白い葬式は初めて）

（まるで喜劇）（写真をとっておけば）

幸江は顔をまっ赤にして俯向《うつむ》いたまま、なるべく夫から離れて棺《ひつぎ》に従った。自分をこんな恥ずかしい目にあわせる夫を、彼女は今までにない激しさで憎みはじめていた。

(考えなくては)(離婚)(離婚を考えなくては)(尽《つく》し甲斐《がい》が全然)(父がどういうだろうか)(父に相談)

それもいいかもしれない、と、七瀬はまた思った。現在のこの状態の信太郎のためには何がよくて何が悪いか、そんなことさえ考えてやる必要はないのではないか、恒子が死んだ今、彼にいちばん必要なのはあらゆる苦しみを含めたあらゆる経験なのだから、と、そう思った。環境の激変に耐えきれず、あるいは発狂するかもしれなかったが、それもしかたがあるまい、と、七瀬はそんなことさえ考えた。七瀬の判断では、正気のままで母親から離れられぬ信太郎よりは、母親に死なれて発狂した信太郎の方が、まだしも救いがあると思えたからである。その方が、少なくとも精神的自立へだけは一歩近づくことになるのだから。

(幸江)(おぼえていろ)

ふたたびあの微弱な怨嗟《えんさ》の念がふっと七瀬のアンテナに触れた。七瀬はいそいで周囲に網状の触手を張りめぐらしながら、眼を伏せたままでそっとあたりを見まわした。しかし、幸江を恨んでいそうな人物はどこにも見あたらなかった。

棺が霊柩車《れいきゆうしや》に納まった。近親者だけが大型乗用車八台で火葬場へ行くことになっていたが、親戚の誰もが信太郎と同じ車に乗るのを大っぴらに厭がったため、七瀬と幸江が泣き続ける信太郎を、両側から押えこむようにして車に乗せなければならなかった。

火葬場へ着くまでの約三十分間、信太郎が泣きやんでいたのはほんの四、五分だけだった。

あの弱よわしい恨みの声は誰だったのか、七瀬は車の中で、会葬者の顔を次つぎと思い返したり、幸江の意識をまさぐったりしてそれらしい人物を見つけ出そうとした。だが、そんな人物はひとりもいなかった。

三たび、その意識に触れたのは、近親者の並ぶ前で棺がかまどの中に入れられようとしている時だった。七瀬は愕然《がくぜん》として棺桶を見つめた。

なぜそれに気がつかなかったのか、傍らでひときわ大きく泣き続ける信太郎の声ももう耳に入らず、七瀬は立ちすくんだまま棺を凝視し続けた。あんな微細な精神力が、健康な人間のものではないことぐらい、すぐ悟るべきだったのだ、いや、病人の意識でさえもっとはっきりしているではないか、ではあれは死者の執念だったのか、死に行く者が怨《うら》みを大気の中へ吐き出したその残滓《ざんし》だったのか、いや、そうではない、その証拠に、とぎれとぎれではあるが、それは次第に強く、次第に明確に、次第に主体の存在を主張しはじめているではないか、七瀬はめまぐるしく考え続けながら、すでに密閉されてしまった焼却炉の鉄扉《てっぴ》を睨《にら》みつけた。鉄扉に遮断されてもその意識は、尚もその思考パターンをあきらかにし続けていた。そのパターンの意識は七瀬もよく知っていた。恒子の意識だった。

では恒子は蘇生《そせい》したのか、棺桶の中で生き返ったのだろうか、そんなことがあり得るだろうか、七瀬は鉄槌《てっつい》をまともに受けたような衝撃からけんめいに脱《ぬ》け出そうと努めながらも、その可能性を自分の知識の中から掘り起そうとした。

（幸江）（幸江が）（あの女がわたしを殺す）（医者と共謀）（あの女中と共謀

（信太郎）（信太郎）（あけておくれ）（出しておくれ）（苦しい）（暗い）

（幸江）（おぼえていろ）

恨みは今や怒りに変っていた。苦痛が、怒りをさらにかき立てていた。今やかまどの中から放射されている思念は七瀬がふるえあがるほどの激しさと凄《すご》さであった。

早過ぎた埋葬の事例は七瀬も多くの本で読んでいた。発見される場合が少ないため誰もが無関心だが、実は、棺の中での蘇生は人が思っているよりもずっと多いのではないか、いや、むしろ、たまに墓地を発掘して死体の姿勢を観察した結果を統合すると、三度に一度はこういったいまわしい、残酷なことが起っていると信じてもよいのではないか、そんなことが書かれている本さえあった。しかし七瀬は、たしかに土葬された場合冷気で死者が息を吹き返すこともあっただろうが、それは医学が未発達な時代の話であり、死亡の判定が確かになり土葬も少なくなった現代、まさかそんなことが起る筈《はず》はあるまいと思っていたのである。

しかし現に恒子は、棺の中から、閉ざされた焼却炉の中から、恨みに燃えた怒りの意識を死者とは思えぬ強さで発散させ続けているのである。そして彼女の蘇生を知っているのは七瀬ひとりなのだ。

（わたしひとり）

七瀬はびくっとして身をすくめ、頭を垂れたままの姿勢でそっと左右に眼を配った。泣き続ける信太郎、うなだれた十数人の近親者、誰ひとり恒子が、今まさに火を入れられようとしているかまどの中で生き返り、苦しんでいることを知らないのである。七瀬が教えない限り、彼らの誰もが気づかぬまま、恒子は生きたまま焼かれてしまうのだ。

（わたしが教えない限り）

七瀬は迷った。彼女によって、ひとりの人間の生死が決ろうとしているのだ。それを故意に看過《みすご》すことは、殺人行為にはならないだろうか、と、七瀬は考えた。だが、いったいどうやって皆に恒子の蘇生を知らせるのか、大声をはりあげ、棺桶をかまどから出してくれと懇願すればいいのか、死者が棺の中で生き返っていると皆に告げればいいのだろうか、そこまで考えて七瀬は力なくかぶりを振った。繊細な神経を持つ若い娘の、一時的な錯乱と思われるに決っていた。

仮に棺がかまどから出され、今ははっきりと意識をとり戻している恒子が救い出されたとして、では今度はなぜ自分が彼女の蘇生を知り得たか、その説明をどうするのだ、訊《たず》ねられるに決っているし、不充分な説明では誰も納得しないだろう、珍しい事件だから、新聞記者などが聞きつけて取材にやってくることも考えられる、そうなった場合は当然自分の能力をある程度の人が予想するだろう、最悪の場合は大っぴらになるかもしれない、だめ、だめよ、それはだめ、絶対にだめ、なんのために今まで精神感応能力《テレパシー》をひた隠しにしてきたの、七瀬は腹のあたりで手と手を組み、ぐっと握りしめた。

わたしは知らない、わたしは何も知らないのだ、わたしは精神感応能力者《テレパス》なんかではない、だから何も聞えなかったのだ、彼女はそう思いこもうとした。だが恒子の絶叫、恒子の悲鳴は、今や火が入って燃えさかるこの世の地獄から七瀬の心へ轟音《ごうおん》の衝撃波となり、続けさまになだれこんできつつあった。

（熱い）（熱い）（煙が）（のどを）（幸江がわたしを）（幸江が殺す）（幸江に殺される）歪曲《わいきょく》された悪鬼のような幸江の顔のイメージ。（幸江がたくらんで）（わたしを）

恒子は絶叫していた。炎の中で、断末魔の声をはりあげていた。ごうごうと燃えさかる火に包まれ、炎と化した髪をさか立てた恒子が、指さきを折り曲げ虚空《こくう》を掴《つか》みながら死を前にした一匹の獣となって吠《ほ》えていた。

「助けて」「助け」「信」「信太郎」「信太郎」「信太」「助け」「熱い」「熱」「おうおうおうおうおう」

（幸江が）（あの女中と共謀して）（あの女中と）

醜くデフォルメされた七瀬自身の顔が浮びあがった時、彼女は思わず叫び出しそうになった。掛け金をおろし、死の瞬間の意識を遮断しようとした。しかし断末魔の怨念《おんねん》の激しさと物凄さは七瀬にそれを許さなかった。無防備のままの七瀬は、立ちすくんだまままただおびえ続けるしかなかった。

火葬の場合、蘇生した証拠はあとに残らない、だから最近だって、生きたまま焼かれた例はきっと多いに違いないわ、これもそんな多くのケースのひとつに過ぎないんだわ、七瀬はそんな言いわけをし続けていた。だがたとえそうであるとしても、自分の身を守るために生きている人間を見殺しにするという大それた行為への罪悪感は、彼女の心から消えることがない筈だった。心に神を持たない七瀬だったが、自らが神にかわるほどの存在でないことはわかっていた。

（お願い）（許して）（死んで）（早く死んで）（死んでください）

（あなたは息子さんを愛していたのでしょう）（あなたが死なない限り息子さんは駄目になるのよ）（死んであげて）（息子さんのために）（死んであげて）

「ああああああ」「死ぬ」「死ぬ」「死ぬ」

「焼け死ぬ」「炭に」「炭に」「助けて」「助け」「わたしが焼ける」「わたしのからだが焼ける」「焼ける」「焼け」「おうおうおうおうおう」

嵐《あらし》のような断末魔の叫びを頭蓋《ずがい》の内部いっぱいにがんがんと受けながら、七瀬は歯を喰いしばって合掌し、眼を強く閉じたままかすれた声でいつまでも唱え続けた。
「南無《なむ》帰命無量寿仏《きみようむりようじゆぶつ》、南無《なむ》帰命無量光仏《きみようむりようこうぶつ》……」

（「青春讃歌」「水蜜桃」中『中年の未来学』（潮文社版）を参考にさせていただきました。筆者）

解説

植草甚一

ぼくは漢文の先生でも古典文学の研究家でもないが、まず最初に和文和訳の一種として、筒井康隆の現代文を、ちがった次元の現代文に移し変えてみたくなった。こういうとき普通は原文が先にくるものだが、そうやったら意味がなくなってしまうだろう。

桐生勝美は定年退職してから、どこの会社にも就職しないで、二年たったいまでも相変らずブラブラしている。あるとき次男の忠二《ただじ》は『お父さん、よっぽど暇なんだな』とイヤ味たっぷりに言ったが、『再就職すればいいのに』と続けて言おうとして口をつぐんだ。

そばにいた長男の竜一も、高校三年の弟とおんなじ気持になっていたとみえ『お父さん。十分間で、その人のいちばんの適職を捜し出すコンピューターがあるらしいよ。あれにかかって見たらどうかな』とさりげなく言った。三十をちょっと越した彼は、ある造船会社の資材課長である。自分の性格が父親とよく似ているのを知っていたし、定年になった先のことが頭にひらめいたのだった。

二人の息子にイヤ味を言われても、勝美はテレビ・ドラマに見入っているふりをして黙っていた。だが心のなかでは『機械から、仕事を貰《もら》えだと』とぬかしやがったな、バカにするないと怒っていたのだ。

父親と息子たちとの間がしっくりしない家庭であって、ジェネレーション・ギャップというやつを感じさせるかもしれないが、こんな書きかたでは、ぼくの翻訳にも責任があるけれど、どうにもしようがない。それで原文から意識して抜かした箇所を書き出してみると、最初に忠二が、『お父さん、よっぽど暇なんだな』と言ったあとで、つぎのような内的モノローグになって、次元はすっかり変ってくる。

(再就職すればいいのに)(ながい間課長をやって威張ってきたから、今さら新しい会社へ下《した》っ端《ぱ》として入社するのがいやなんだ)(きっと、威張れないところへ行くのがいやなんだ）（だから家の中で、威張っていたいんだ）（いやなやつ）というふうにモノローグが四つのヴァリエーションになって、それが、瞬間的に『いやなやつ』と思うまえに彼の心のなかで形成された。ついで竜一がコンピューターの効能を口にした直後にも、つぎのような七つのモノローグが彼の頭のなかで、かち合うのだった。

（どうせまた、なんとかかんとか難癖をつけるんだろう）（いっそのこと、女でも買いに行きゃいいのに）（息子の嫁に色目を使いやがって）（助平親父《おやじ》め）（あぶらぎって、額をてらてら光らせてやがる）（精力があり余ってるくせに、のうのうとしてやがる）（もっと枯れ切ってるのなら、面倒見てやる気にもなるんだが）となっていて、この連作短編『水蜜桃《すいみつとう》』の前後を読んでいると、なるほどと思うのだが、いっぽうテレビを見ている格好の勝美も、頭のなかでモノローグを繰り返している。

（機械から、仕事を貰えだと）（父親に、なんて口のききかただ）（邪魔者扱いしやがって）（そんなに余計者扱いするなら、自分たちがこの家を出て行けばいいじゃないか）（自分の家を持つ才覚もない癖して）（独立できないで親の家にいるくせに）（おれの退職金を狙《ねら》ってやがるんだ）（やるもんか）（全部使ってしまってやるぞ）（遊んで使ってやる）

といったぐあいで、さかんに虚勢を張っているのだった。

じつはこの短編のまえの昭和四十五年十二月号の「小説新潮」に出た『青春讃歌《さんか》』を読んだときだった。ぼくは異常なテレパシー力をもつ七瀬《ななせ》という十八歳の少女を、このときはじめて知ってビックリしたのである。そのときの驚きは筒井康隆が日本の作家とは思えなかったことで、なんだかこうチェコあたりの前衛派亡命作家みたいな感じがしたのだった。しかも彼らがやりたいことを先取りしたようにしか思えない。なぜそう感じたかとなると、いま『青春讃歌』を読みなおして、そのとき受けたショックを思い出してみなければならないだろう。

お手伝いさんの七瀬は、この職業に数回の経験があって人数が多い家庭にやとわれることが多かったが、こんどの河原家というのは夫婦二人暮しだった。亭主の寿郎は、ある役所の中堅どころ。細君の陽子は三十八歳になるオシャレずきで、スポーツ・カーでブティックに出かけたり、ずうっと年下のボーイフレンドに会ったりするのが日課みたいになっていた。

この作品でも『水蜜桃』の桐生一家みたいに夫婦仲はしっくりいってないが、七瀬は陽子の性格の強さに興味をいだき、そうなるとテレパシー力も遠隔地点にまでおよぶことになるのだった。ある日のこと主人の出社後に陽子はまた日課のようなお出ましになり、七瀬はアイロンを使いながらスポーツ・カーに乗って遠ざかっていく陽子の意識を、つかむようにキャッチしている。そのとき、

「ハイウェイに入ってから約八キロの地点で陽子からの感応力は急に弱まり、あとはとぎれとぎれにしか七瀬の心には届かなくなってしまった」

と作者が書いているのを読んで、ぼくはうなってしまったのだった。そのころ特別な仕事のため毎月の中間小説雑誌に出る短編を全部読んでいたが、筒井康隆みたいな型破りなのは初めてだったし、こういうのが中間小説畑の読者からどう受け止められるんだろう、と考えているときだった。さっき引用した勝美と竜一と忠二の内的モノローグにぶつかったのであって、じつに面白いテクニックだと感心するいっぽう、一般読者は受け入れないだろうという推測にとらわれだした。

だがこれは見当はずれの推測であって、『家族八景』が、ハードカバーで単行本になったとき、その初版は一九七二年二月の発行だったが、いま使っているのは七四年七月の第四版なのである。けれど当初の推測にこだわると『水蜜桃』につぐ『紅蓮菩《ぐれんぼ》

薩《さつ》』で、ぼくの確信はつよまったのだった。

この作品は連作八編中のベストだろう。ぼくがそう思ったのは、ESP能力をもつ七瀬とESPの研究をしている心理学助教授との言い合いに薄気味わるさがよく出ていたり、助教授の妻が、顔には出さないが、夫の浮気にたいする激しい嫉妬《しっと》が内的モノローグとなって、まえよりも複雑になりだすからであって、たとえば食事中の夫婦が、

(離婚にはならない)(どうせ、ばれてしまったのだと思って、もっと公然と浮気を)(わたしに対して)(これ見よがしの浮気を)(セックスだけが生き甲斐《がい》・{昨夜も求めた／今夜も求めてくる}あの匂《にお》い・{頭が痛くなる／胸がむかつく}・それでインテリだと思っている・新鮮さのまったくない)(年寄り)(婆《ばあ》さん)

といったぐあいに同時連想のモノローグになったりし、七瀬のテレパシー力をとおして、内的モノローグが客観的モノローグになっていくプロセスに、ぼくは興味をいだいたのだった。

これが中間小説といえるだろうか。そう感じたとき、これらの短編は筒井ファン以外には向かないだろうと推測したのだった。ぼくにしろその一人で、八キロ先の地点

でテレパシー力がなくなるファンタスティックな心象風景が目のまえにチラついた瞬間から、筒井ファンになってしまったわけで、それまでは彼の名前しか知らなかった。また超能力としてのESPやテレパシーの知識もなかったから、すきになった作家を褒めるには、この方面のことをいくらかは本で研究しておかなければならない。ところがそう簡単にはいかないのだった。

じつは七瀬自身がテレパシー力がなぜあるのかに興味をいだいて、心理学の本を系統的に読んだり、話題になった人たちの自伝をはじめ、本格的な超心理学の本でJ・B・ラインやS・G・ソールやG・シュマイドラーのものを読んでみたが、自分とおなじようなケースを具体的に説明したのはなかったと打ち明けているのである。

これでぼくも安心したのだった。つまりこれは臨床医学的なテレパシー・ケースではなく、筒井独自の文学的なテレパシー・ケースなのである。たとえば最初の『無風地帯』を読んでいるときだが、ふとイギリス作家ジョン・コリアのスタイルを思い出させたのだった。それも初期のコリアの短編が、ファンタスティックなものなのに風刺が利《き》いていて、文章も感傷性をおびない簡潔さが、とてもよかったというふうに思い出させたのである。

七瀬はよくテレパシーによる意識に「掛け金をおろす」のだった。そういうときは、またふとルネ・マグリットの鳥かごが胴体にはいった人間の絵や、マントルピースから飛び出している機関車の絵が頭に浮んでくる。「掛け金をおろす」という言いかたからメカニックな効果が生れてきて面白い。

カンディンスキーばりの幾何学的な抽象絵画ばかり描いているのが『日曜画家』の主人公で、彼の意識構造が円形や三角や四角の抽象パターンなのを七瀬は発見する。そのなかで七瀬のパターンが、ちっぽけな白い点だったのが、しだいに膨らんで大きな円形になっていく。これがユーモアによる欲情の表現になっているのも面白い。

最後の『亡母《ぼうぼ》渇仰《かつごう》』を読みだしたとき、ぼくはヒッチコックの『サイコ』のラスト・シーンを思い出した。アンソニー・パーキンスのマザー・コンプレックスと似たケースだからだが、それが七瀬の超能力をとおして最後には恐ろしい情景になる。そうして七瀬といえば『無風地帯』のとき十八歳だったのが、この『亡母渇仰』で二十歳になっていて、お手伝いさんをやめる決心をしたのだった。

この連作八編は「小説新潮」と「別冊小説新潮」に一年半にわたって二か月か三か月おきに発表され、ちょうど七瀬のお手伝いさん期間と一致していたが、これっきり彼女がぼくたちの前から姿を消してしまうのは惜しかった。作者としては、なおさらだったろう。だから一年後に『七瀬ふたたび』、つづいて『七瀬　時をのぼる』『七瀬森を走る』で彼女に再会できたとき、ぼくはとてもうれしくなったのだった。

（昭和四十九年十二月、評論家）

この作品は昭和四十七年二月新潮社より刊行された。

新潮文庫の新刊

岸本佐知子著
死ぬまでに行きたい海
ぼったくられたバリ島。父の故郷・丹波篠山。思っていたのと違ったＹＲＰ野比。名翻訳家が贈る、場所の記憶をめぐるエッセイ集。

千早　茜
新井見枝香著
胃が合うふたり
好きに食べて、好きに生きる。銀座のパフェ、京都の生湯葉かけご飯、神保町の上海蟹。作家と踊り子が綴る美味追求の往復エッセイ。

D・E・ウェストレイク
木村二郎訳
うしろにご用心！
不運な泥棒ドートマンダーと仲間たちが企む美術品強奪。思いもよらぬ邪魔立てが次々入り……大人気ユーモア・ミステリー、降臨！

W・C・ライアン
土屋　晃訳
真冬の訪問者
内乱下のアイルランドを舞台に、かつて愛した女性の死の真相を探る男が暴いたものとは……？　胸しめつける歴史ミステリーの至品。

C・S・ルイス
小澤身和子訳
ナルニア国物語3
夜明けのぼうけん号の航海
みたびルーシーたちの前に現れたナルニアへの扉。カスピアン王ら懐かしい仲間たちと再会し、世界の果てを目指す航海へと旅立つ。

一穂ミチ・古内一絵
田辺智加・君嶋彼方
錦見映理子・山本ゆり著
奥田亜希子・尾形真理子
原田ひ香・山田詠美
いただきますは、ふたりで。
—恋と食のある10の風景—
食べて「なかったこと」にはならない恋物語をあなたに——。作家と食のエキスパートが小説とエッセイで描く10の恋と食の作品集。

家《か》族《ぞく》八《はつ》景《けい》

新潮文庫　つ－4－81

昭和五十年二月二十七日　発行
平成十四年十月五日　七十一刷改版
令和七年二月二十日　九十六刷

著者　筒《つつ》井《い》康《やす》隆《たか》

発行者　佐藤隆信

発行所　株式会社　新潮社

郵便番号　一六二―八七一一
東京都新宿区矢来町七一
電話　編集部(〇三)三二六六―五四四〇
　　　読者係(〇三)三二六六―五一一一
https://www.shinchosha.co.jp

価格はカバーに表示してあります。

乱丁・落丁本は、ご面倒ですが小社読者係宛ご送付ください。送料小社負担にてお取替えいたします。

印刷・大日本印刷株式会社　製本・加藤製本株式会社

ISBN978-4-10-117101-2 C0193